KB139412

어른의
끝맺음

"OTONA NO SHIMATSU" by Keiko Ochiai
Copyright © Keiko Ochiai 2015
All rights reserved.
Original Japanese edition published in 2015 by Shueisha Inc., Tokyo

This Korean edition published by arrangement with
Shueisha Inc., Tokyo in care of Tuttle-Mori Agency,Inc., Tokyo
through Korea Copyright Center Inc., Seoul

이 책은 (주)한국저작권센터(KCC)를 통한 저작권자와의 독점계약으로 탐나는 책에서 출간되었습니다.
저작권법에 의해 한국 내에서 보호를 받는 저작물이므로 무단전재와 복제를 금합니다.

그냥 어른 말고
괜찮은 어른으로 살고 싶다

어른의
끝맺음

오치아이 게이코 지음 | 서수지 옮김

탐나는책

홀가분하고 차분하게 인생을 보내기 위해
늘어난 짐을 어떻게 줄일까.

목차

____1장

어른의 끝맺음이란 무엇인가?

_언젠가 꼭, 이라는 생각만으로는 '언젠가'는 절대 오지 않는다.

____2장

일의 끝맺음

_일은 즐거운가. 아니면 그저 고통스러울 따름인가.
즐거움과 고통을 알록달록 덧칠한 그러데이션 그림이
대개 현실이라 부르는 모습이다.

___3장

인간관계의 끝맺음

_혈연이 전부인가? '가족'이라 부르는 인간관계에서,
'가정'이라 부르는 공간에서 상처받고 있는 사람은 없는가?
친구 관계에서도 마찬가지.

___4장
사회의 끝맺음

_자유롭게 살고 싶다. 평화롭게 살고 싶다.
차별은 하고 싶지도 않고, 당하고 싶지도 않다. '죽이고, 죽임을 당하는'
법률 따위 이제 그만. 그래서 나는 목소리를 높인다.

____5장

생활의 끝맺음

_생활, 이 사랑스럽고 그립고 그러나 때로 지긋지긋한 말.
〈Good Morning Heartache〉라도 들으며 생활과 마주해 보자.

___6장

'나'의 끝맺음

_제1장부터 제5장까지, 어떻게든 넘어왔지만……
가장 높은 장벽이 아직 남아 있다.

1장

어른의 끝맺음이란 무엇인가?

_언젠가 꼭, 이라는 생각만으로는
'언젠가'는 절대 오지 않는다.

'어른'의 조건

일흔 살이 되었다.

주위를 둘러보면 이미 어엿한 '어른'이 되었다. 이제 어르신이라는 말이 더 어울리지만 내가 정말 '어른'인지 솔직히 자신이 없다.

제대로 된 어른에게는 도대체 어떤 조건이 필요할까? 어른이 되는데 몇 가지 조건이 있다면, 나는 그 모든 조건을 충족시킬 수 없다.

예를 들어 맑게 갠 5월의 어느 날 아침. 전날 내린 비로 하늘도 공기도 바람도 투명할 정도로 맑고 상쾌하다. 나무들은 제각기 푸른('푸르다'고 해도 나무마다 각양각색이다) 이파리를 두르고, 늦봄에 핀 꽃인지, 초여름에 핀 꽃인지, 어쨌든 다 같이 한 하늘 아래 피어 있다.

대체로 어느 아침에나 미처 해결하지 못한 문제들을 끌어안고 있는 법이지만, 마음속까지 깨끗해지는 것 같은 어느 날 아침, 내 안에는 기쁨으로 몸을 떨며 크게 심호흡하는 여덟 살 소녀가 있다.

반면 반가운 인사조차 나오지 않을 정도로 불안과 불온함이 겹치며 해결하지 못한 문제가 산더미처럼 쌓인 저녁. 손 하나 까딱할 수 없을 정도로 지친 여든 살의 내가 있다.

소녀였던 아침과 훌쩍 늙어 노파가 된 저녁 사이에는 다양한 나이의 '내'가 존재한다. 같은 하루에 소녀인 '나'도, 젊은 아가씨인 '나'도, 40대와 50대인 '나'도, 여든 살 먹은 호호할머니인 '나'도 있다. 그렇게 생각하면 도대체 '어른'이란 무엇이며, 어른의 조건은 무엇일까. 도통 알 수 없어 고개를 갸웃거리게 된다.

일정한 나이가 되면 저절로 '어른'이 된다는 보장은 없다. 또 수없이 많은 경험을 해도 온전히 자신의 것으로 받아들이고 소화하지 못하면 '어른'이라고 말할 수 있는 자격이 없다는 생각이 든다.

'어른의 끝맺음'이라는 제목을 앞에 두고, 머리를 싸매고 고민했다. 마치 숙제를 내팽개쳐두고 여름방학 내내 신나게 놀다 개학이 코앞에 닥친 저 먼 옛날의 어린아이처럼.

어른은 '끌어들이고, 받아들이는' 사람이 아닐까.

우리에게 주어진 삶이라는 숙제에서 자신만의 해답을 찾아내는 법을 알고 있는 사람이라고도 할 수 있으리라.

'끝맺음'이 서툴다

'끝맺음'은 내가 마주해야 하는 중요한 과제 중 하나다.

솔직히 고백하자면 나는 무언가 일을 벌이고 나서 깔끔하게 마무리하는 재주가 없다.

요리해서 그릇에 담아 따끈따끈할 때 식탁에 차리고, 다 같이 나누어 먹는 시간을 무척 좋아하지만, 개수대에 쌓인 산더미 같은 설거짓거리를 보면, 살려 달라는 비명이 절로 나오며 나도 모르게 슬금슬금 뒷걸음치고 싶어진다. 그래서 뒷정리할 때는 정겨운 곡조의 올드 팝(귀에 거슬리지 않는 편안한 분위기의 올드 팝이 딱이다!)을 배경음악으로 깔아두지 않으면 좀처럼 진도가 나가지 않는다. 이를 어찌할꼬. 식기세척기는 쓸데없이 전기를 낭비해 사용하지 않는다. 그래서 배경음악의 힘을 빌리고, 가끔은 함께 식사한 지인들에게 한 가지씩 숙제를 내주어 설거지며 뒷정리며 이런저런 일을 거들게 한다.

문제는 방 청소. 정리하려면 일단 버려야 한다는 얘기를 듣거나 잡지의 정리정돈 특집을 읽을 때는 고개를 끄덕이지만 아무래도 몸에 배지 않는다. 정리하겠다고 오만 잡동사니를 끄집어내 몇 달씩 잔뜩 벌려놓기만 한 적도 있다.

그러다 큰맘 먹고 연말도 아닌데 대청소를 시작. 작업실에서 쏟아져 나온 자료와 책을 제자리에 돌려놓고 겨우 멀끔해진 방을 대충 정리했다. '정리 끝!'이라고 환호성을 올리지만……. 그것도 잠시, 며칠만에 원래의 아수라장으로 되돌아간다. 아무래도 나란 사람은 깔끔하게 정리된 상태를 항구적으로 유지할 수는 없는 모양이다.

그래서 정리정돈을 해야 할 때는 과감하게 각 방의 문을 열고 어수선한 상태를 눈으로 확인하고, 따끔하게 충고해 줄 수 있는 고마운 친구를 정기적으로 불러, 번갯불에 콩 볶아 먹듯 후다닥 청소할 수 있는 상황으로 자신을 몰아넣는다. 그래야 그나마 봐줄 만한 상태가 된다.

이러다 정리정돈과는 비교도 되지 않을 정도로 많은 시간과 에너지가 필요한 '인생의 끝맺음'은 '언젠가 해야지……'라고 생각만 하면서 손도 대지 못한 채 지나가 버릴까 두렵다.

그래, 이 책은 내가 시급하게 해결해야 할 과제를 정리한 기록물이다.

'끝맺음'의 의미

그런 내가 어떻게 하면 '끝맺음'을 할 수 있을지 곰곰이 생각하던 차에 문득 '끝맺음'이라는 영어 단어를 찾아보기로 했다.

① clean up 깨끗하게 청소하다

　　put (set)_in order, tidy (up) 정리 · 정돈하다

　　clear away (깔끔하게) 치우다

내가 서툰 '정리정돈'이라는 의미의 '끝맺음'이다.

② settle 문제를 해결하다

　　finish 마무리하다

　　close 닫다, 종결시키다

그 밖에 이런 뜻도 쏟아져 나왔다. 심정적으로는 '뒷수습하다'라는 의미를 지닌 단어도 나와 주었으면 좋겠다. '인생의 끝맺음'이라는 의미에서는 다음 영어 단어도 그럴듯하게 느껴진다.

③ disposition (재산 등의) 양도, 처분, 정리

①은 앞으로도 고군분투하는 수밖에 없다. 현재의 나에게는 ②와 ③이 적당할 수도 있다. 특히 ③의 disposition이 마음에 든다. 그만 놓아줄 때가 된 것을 자신의 악력이 약해진 것도 깨닫지 못하고 죽

도록 움켜쥐고 있지는 않은가? 무엇보다 욕망에 사로잡힌 채 인생을 마감할까 두렵다. 그야말로 uncomfortable, '처치 곤란한' 상태가 아닐까.

삶의 방식 되돌아보기

'끝맺음'이란 말은 위에서 나열한 단어의 의미 대부분을 포함하고 있다는 생각도 든다.

쉽사리 할 수 있는 일도 아니거니와 모든 일을 깔끔하게 '끝맺음'하는 일은 불가능에 가깝다고 이미 백기를 들었다. 그러나 '가능한 선에서 끝맺음을 하자'는 자세만은 잊지 말자고, 정리정돈에 손을 놓아버린 자신에게 타이른다.

그래서 '나는 지금까지 어떻게 살았는가, 앞으로 어떻게 살고 싶은가'에 집중하려 한다. 다시 말해 '어떠한 상태에서 어떠한 최후를 맞이하고 싶은가'를 생각하고 싶다. 그리고 생각한 일을 하나하나 실행에 옮기자고 다짐한다. 사실 방 청소보다 이쪽이 조금 더 적성에 맞는다.

서른한 살 때 사회 구조적으로 목소리가 작아 파묻힌 사람들의

'목소리들'을 주제로 〈크레용 하우스〉라는 한 조직을 꾸리게 된 게 인생의 끝맺음을 생각하게 된 이유 중 하나다. 어느새 백 명이 넘는 직원이 나와 함께 일하며, 뒷손이 없는 내 등을 '끝까지' 밀어주었다.

크레용 하우스에서 내 명함상 직위는 대표이사이자 사장이나, 아무래도 이 호칭이 어색해 언론에 나설 때는 통상 주최자라 소개해 왔다. 요즘 들어 이런 쑥스러움도 징글징글하다고 생각하기 시작했지만, 굳이 바꾸기도 귀찮다.

내 경우에는 확실한 선택 기준 중 하나가 난감하게도 '귀찮은가? 귀찮지 않은가?'인 모양이다. 어쨌든 백여 명 남짓한 직원들 인생의 일정한 시간이 나에게 주어졌다.

내가 존경하고 사랑하는 시인이자 지금은 고인이 된 이시가키 린의 작품 중에 「가난한 동네」라는 시가 있다.

시는 '하루 일을 마치고 돌아온다'라는 구절로 시작한다. 일터에서 돌아오는 길에 눈에 들어온 동네 반찬가게 앞에 기름을 흠뻑 먹어 눅눅해진 팔다 남아 튀김 따위가 선반에 남아 있는 풍경을 그리고 있다. 퇴근길 '내' 손에는 '지치고 활기 없는 시간', '식어 빠진 튀김 같은 시간'만 남아 있다. 그렇게 '나'는 생각한다.

(전략)

그래도

내가 팔아넘긴

하루 중 가장 좋은 부분,

싱싱한 시간,

그 시간들을 사 간 낮 동안의 손님은

지금쯤 무얼 하고 있을까.

동네는 완전한 밤이다.

_《현대시 수첩 특집판 이시가키 린》

무릇 노동이란 어떤 직종이라도 많든 적든 '하루 중 가장 좋은 부분', '싱싱한 시간'을 내다 팔아 보수를 얻는 행위다. 크레용 하우스 직원들도 마찬가지가 아닐까. 그렇다면 나는 그녀들을 어떻게 대해야 할까. 내내 머릿속을 맴돌던 화두다. 그래서 내가 '죽은 후'의 일에 관해 생각하지 않을 수 없다. 주최자로서의 끝맺음이다. 그 내용에 대해서는 나중에 다시 설명할까 한다.

많은 지인이 나를 밝고 적극적이며, 때로 공격적인 인간이라고 생각하는 모양이다. 일부는 들어맞는 말이나, 내 마음 깊은 곳을 더듬더듬 그러모아 보면 일종의 페미니즘, 상당히 젊은 시절부터 '사람은 언젠가 죽는다'라는 명확한 종착지와 같은 곳이 엷게 존재했다.

30대부터 희미하게 자신의 마지막을 생각할 기회를 몇 번 경험했다. 나는 외동딸이라 내가 어머니를 끝까지 보살피려면 몇 살까지 건강하게 살아야 할지가 이후의 인생을 바라볼 때 간과할 수 없는 주제였다. 현실적인 간병은 50대 중반에 시작되었지만 말이다.

앞에서도 말했듯 서른한 살에 크레용 하우스를 시작하며 다른 직원들의 인생도 함께 품게 되었다는 의식과도 관계가 있다. 내키지 않는 보험에 가입한 것도 남은 직원들이 새 일자리를 찾을 때까지 불편하지 않게 해주고 싶다는 이유에서였다. 30대, 그리고 40대에 지인들과 빠른 이별을 경험하며, 죽음은 그 무렵부터 희미한 주제로나마 마음속에 똬리를 틀고 있었다.

자신의 마지막에 대해 생각하게 되는 '어떤 연령대'가 나처럼 인생의 비교적 이른 시기에 찾아오는 사람도 있거니와, 정년퇴직 후나 더 나중에 찾아오는 사람도 있으리라.

어쨌든 죽음에 대해 의식하는 순간이 온다면 그 계기를 단단하게 붙들고 싶다. 동시에 교우관계까지 포함한 자신의 일상, 삶의 방식이랄까, 삶의 자세를 돌아보는 기회로 삼고 싶다.

젊으면 무언가 '끝맺음'이 필요한 일의 답을 미루다가도, 나이를 더 먹으면 답이 보일 때가 있으리라. 물론 일정한 나이가 된다고 해서 모든 것을 깨닫는다는 법은 없다. 또 중년 이후에는 20년 후, 30년 후의 자신이 어떻게 되었을지 전혀 예측할 수 없다.

애초에 인생의 '끝맺음'은 나이와 무관하게 의식하고 살아야 하는 화두가 아닐까. 사람은 모두 태어난 순간부터 죽음을 향해 착실하게 걸어가기 때문이다. 그러나 청춘이라 부르는 계절을 사는 동안에는 특별한 상황을 겪지 않는 한, 죽음을 생생하게 의식하며 사는 사람은 그리 많지 않다고 본다.

대부분의 사람은 심각한 병에 걸리거나 사고를 당하거나 나이를 어느 정도 먹기 전에는 '내가 언젠가 확실히 죽는다'는 생각에서 자유롭다. 그래도 상관없다고 믿는다. 그 자유를 마음껏 만끽하자.

그러나 설령 바라지 않더라도 30대, 40대에 자신이 떠난 후의 '끝맺음'을 생각해야 하는 순간이 찾아오지 않는다는 법은 없다.

인생의 '끝맺음'이란 살아가는 일에 대해, 나라는 한 개인이 인생에 대해 생각하고 답을 얻는 방식이다. 더 나은 삶을 위해 열어야 하는 문이란 죽음이란 미지로 향하는 문이라고 할 수 있다.

줄리안 무어가 주연을 맡은 〈스틸 앨리스〉라는 미국 영화를 봤다.

컬럼비아대학교에서 교수로 재직하던 쉰 살의 앨리스는 다른 대학에 초빙 강연을 하러 갔다가 말문이 턱 막히며 갑자기 말이 나오지 않는 기막힌 경험을 하게 된다. 살면서 한 번도 없었던 일이다. 또 익숙한 거리에서 조깅을 하다 느닷없이 자신이 어디에 있는지 알 수 없게 되는 아찔한 순간을 경험한다. 의사의 진찰을 받은 결과, 앨리스는 약년성 알츠하이머 판명을 받는다. 남편은 병에 대해 전문가인 의료관계자였지만 화가 늘고 불안정해지는 아내를 어떻게 대해야 할지 몰라 쩔쩔맬 뿐이다. 앨리스 안에서 나날이 몸집을 불려가는 치매에 대한 공포. '내가 내가 아닌 순간이 온다'는 말로 표현할 수 없는 불안이다.

병이 진행되는 과정에서 앨리스는 비디오 메시지를 남긴다. 만약 딸의 이름이 떠오르지 않는 순간이 온다면 이 비디오 메시지를 보자는 식이다. 비디오에는 그 순간이 오면 이 약을 먹고 인생을 끝내라고 자신에게 지시하는데……

구체적으로 '죽음'에 대해서만이 아니다. 사람에게는 사회생활이나 정신생활에 싫든 좋든 종지부를 찍어야 하는 시간이 오게 마련이다. 개인적으로 나에게는 노인성 치매에 걸린 어머니 곁을 지켰던 7년이라는 세월이 있다. 어머니에게 '당신이 당신'이라는 증거가 무엇이었는지 알 길은 없다. 다만 중요한 한 가지는 말할 것도 없이 '어머니라는 사실'이었을 터이다. 그런 어머니였기에 딸인 나를 '어머니'라고 불렀던 날을 나는 잊을 수 없다. 게다가 자신의 마음을 표현하는 수단 중 하나인 말을, 어머니가 서서히 잃어가던 나날들도.

같은 상황에 빠졌을 때 나는 어떻게 할까. '어떻게 하고 싶을까'라는 생각조차 할 수 없게 된다면……. 그런 불안이 있기에 나는 크레용 하우스에 관해서도 이것저것 포함해 나의 마지막을 위해 유언을 작성해 변호사에게 맡겨 두었다. 마지막이 오기 전에 미리 준비하는 셈이다.

언젠가 끝이 오는 자신의 인생을 어떤 자세로 마주할까.

인생의 마지막에 나는 어떤 모습으로 있고 싶은가, 가령 치매에 걸려 증상이 진행된다면 어떻게 '그 상태'에 대처하고 싶은가.

아무리 철저하게 준비하더라도 완벽하게 대비할 수는 없다. 그 부분까지 고려하면 인생의 풍경이 크게 바뀐다.

'그런 순간이 나에게 온다'는 각오와 비슷한 마음가짐, 설령 어렴풋하더라도 그 각오를 통과하고 난 후의 '지금'인지 아닌지에 따라 확실하게 달라지는 무언가가 있으리라.

집착하는 대상이 생기면, 그 대상이 내 삶에 중요한지 잠시 멈추어

서서 생각해 본다.

인생의 '끝맺음'에 대해 생각하는 시간은 자신에게 정말로 중요한 것이 무엇인지를 판별하고 정말로 중요한 것만 골라내 갈무리해 나가는 과정이기도 하다.

'더 적게, 더 천천히, 더 작게'

'더 적게, 더 천천히, 더 작게'라고 나는 줄곧 생각해 왔다. 한 가지 덧붙여 '더 심플하게'라고도.

이 명제가 실제로 내 인생의 버팀목이 되는 인생관으로 확고하게 몸에 배면 진정한 의미에서 (내가 생각하는) 풍요롭고 깊은 나날을 보낼 수 있을 터이다.

그렇게 알면서도 아직 실천하지 못한 명제는 '더 천천히' 부분이다. '빨리, 빨리'라고 앞만 보고 내달리기 일쑤인 자신을 어떻게 다스려야 할지, 그리고 이상보다 많이 가진 것들을 어떻게 내려놓아야 할지도, 좀 더 의식적으로 실천해 나가야 한다.

사소한 미의식에서 비롯된 '볼썽사납게 살고 싶지 않다'라는 생각이 내 안에 남은 살짝 부끄러운 허세 비슷한 부분이다.

인간은 누구나 볼썽사나운 부분을 안고 있다. 그 방향이 사람에 따라 각각 다를 뿐이다. '더 적게, 더 천천히, 더 작게, 더 심플하게'라는 명제도 내가 가진 다른 종류의 '욕망'이라고 말할 수 있다. 그래도 이 부분만은 양보하고 싶지 않다.

자신의 욕망에 휩쓸리는 모습은 서글프다고 생각하면서도 이 '욕망'만은 놓아버리고 싶지 않다.

몇몇 지인의 죽음, 그리고 가족의 죽음을 경험하며 끌어낸, 지금은 아직 내일이 있을 나 자신과의 약속이라고 할 수 있다.

사랑하는 사람과의 사별은 더할 수 없는 상실이지만, 그 상실로 아주 중요한 무언가를 배울 수 있다.

아무리 간절히 기도해도, 아무리 간절히 열망해도 사람의 목숨에는 한계가 있다. 마지막 숨을 거둘 때, 아무리 많은 돈과 명예를 가지고 있더라도 의미 없다……. 가까운 사람들의 죽음을 통해 통감한 깨달음이다.

동시에 구체적으로는 존재해도 자신의 의지를 전달할 수 없는 상태가 된다면 어떻게 할까. 그 순간을 위한 '끝맺음'을 지금 이 순간에 해두고 싶다.

'여행의 짐'과 '인생의 짐'은 가벼울수록 좋다

'더 적게, 더 천천히, 더 작게'의 반대는 '더 많이, 더 빨리, 더 크게'이다. 태평양 전쟁이 끝난 후 오늘에 이르기까지 일본이라는 나라가 내걸고, 많은 이들이 바랐던 신조라고도 할 수 있다.

패전 직후, 일본인들은 가진 것 없이 살아야 했다. 전쟁을 벌인 대가였다. 그런데 그 반동처럼 고도성장이 시작되고 나서 '더 빨리, 더 많이'가 가치관의 주류로 자리 잡았고, '더 많이'는 경제적인 풍요를 증명하게 되었다.

2015년 8월에 발표된 아베 신조 총리의 '70년 담화'에는 '번영이야말로 평화의 초석'이라는 문구가 있었다. 개인적으로는 '평화야말로 번영의 초석'이라고 고쳐 말하고 싶지만, 이 나라가 경제적 번영을 중심에 놓고 돌아가는 게 현실인지라, 국민들 역시 '더 많이, 더 빨리, 더 크게'를 내걸고 안타까운 노력을 거듭하고 있다.

전쟁을 경험한 우리 조부모와 부모 세대는 그런 구호 아래에서 '조금 더 살만한 나날'을 열심히 바랐고 실행했다. 그 마음을 탓할 생각은 없다. 어쩌면 그 결과로 우리 대다수는 패전 직후 어느 때보다 훨씬 많은 것을 손에 쥐고 있을 터이다.

그러나 현재 우리는 새로운 격차사회를 맞이하고 있다. '더 많이

가지는 것'과 '더 적게 가지는 것' 사이에 패인 고랑이 더 넓고 깊어지고 있다. 국가 간의 남북문제(North-South problems, 북반구의 선진국과 남반구의 저개발국가 사이의 발전 및 소득 격차에서 비롯되는 국제 정치와 경제의 구조적 문제_옮긴이)가 일본이라는 나라 안에서도 실제로 나타나고 있다.

거품이 꺼진 후에도 '더 많이'가 상식이 되었고 내려놓기에 익숙하지 않은 사회와 개인 생활이 여전하다.

한 번 손에 넣은 것을 내어놓는 것은, 무언가를 손에 넣기보다 더 어렵다. 많이 가질수록 손에 쥔 것을 놓아버리기 힘들어진다. 그리고 지킬 게 많아질수록 정신적으로 보수 쪽으로 기울 수밖에 없다. 그러나 언제까지 '더 많이'를 바라야 직성이 풀릴까. 일정한 연령대에 들어서면 '더 많이 갖겠다'고 아등바등하는 삶이 불가능해지지 않을까.

실제로 나이를 먹으면 기억력, 체력, 집중력이 부쩍 떨어지며 예전에 아무렇지도 않게 하던 일을 할 수 없게 되는 자신을 의식하지 않을 도리가 없다.

무언가를 얻으면 예전에 얻은 다른 무언가는 손가락 사이로 빠져나가는 게 당연하지 않을까. 그렇다면 자신의 손바닥에 쥘 수 있는, 정말로 소중한 무언가는 꼭 부여잡고, 나머지는 그만 놓아주는 '끝맺음'을 생각해야 하지 않을까.

'인생의 짐'은 '여행의 짐'과 매한가지다. 가벼우면 가벼울수록 홀가분해진다.

이기지도 못할 짐을 무리하게 이고 지고 산다면 말 그대로 '짐 덩어리'에 지나지 않는다. 자신의 악력이 어느 정도인지를 가늠하고, 내가 감당할 수 있는 '짐'을 선별해 불필요한 짐을 덜어내야 한다. 나머지는 실행에 옮기면 그만이다.

'유언장'을 쓴다

내가 인생의 '끝맺음'을 생각하게 된 계기 중 하나는 30년가량 전, 거의 동세대인 여자 동기들이 마흔 살 고개를 넘지 못하고 세상을 떠나면서부터다.

몇 년에 걸친 투병 생활. 가족과 지인들에게 둘러싸여 퇴원 축하. 복직. 재발. 재입원. 퇴원. 복직. 그리고 또······.

"괜찮아, 다시 건강해져서 돌아올게. 무사히 돌아오는 그날을 기다려 줘. 다음번 퇴원 기념으로는 이탈리아 여행이나 갈까."

그녀의 말에 오히려 내가 힘을 얻었다. 여대 보육과에 근무하던 씩씩하면서 섬세하고 감격하기 좋아하는 친구였다.

"병문안 선물로는 잠옷이나 사다 줘. 잠버릇이 고약하니까 하늘하늘한 원피스 잠옷은 안 돼. 간호사 선생님이 밤에 몇 번씩 보러 오셨을 때, 칠칠치 못한 모습을 보여주면 민망하잖아. 구질구질한 모습은 그이한테만 보여주고 싶어."

결혼을 약속한 남자친구도 있었다.

"있잖아, 꽃을 가지고 올 때는 각자 들고 올 꽃이 겹치지 않게 미리들 의논 좀 해 줄래. 이런저런 종류의 꽃이 잡다하게 입원실을 가득 채우고 있으면 심란해지거든. 어떤 꽃을 보고 싶은지 알 수 없게 돼서 마음이 싱숭생숭해. 한눈을 팔면 꽃한테 실례잖아."

"게다가 화분은 병문안에는 들고 가면 안 된다더라? 몸져눕게 된다나 뭐라나. 근데 나는 그런 미신은 신경 안 쓰니까 괜찮아. 입원실은 냉난방을 쌩쌩 틀어두니까 꽃이 얼마 못 가더라. 차라리 화분이 낫지. 종류는 나처럼 가냘픈 꽃으로 부탁해!"

"아, 잠옷을 보내주려면 소재는 실크로 해주면 감사하지. 이럴 때가 아니면 언제 내가 그런 호사를 누려 보겠니. 차르르 떨어지는 감촉이 좋잖아. 직장에서는 면을, 침대에서는 실크 잠옷을 입으면 얼마나 좋겠어? 빨리 퇴원해서 내 침대에서 그림책이나 읽고 싶다. 조용한 밤에는『코를 쿵쿵』이 딱 좋으려나."

루스 크라우스가 글을 쓰고 마크 사이먼트가 그림을 그린, 오래도

록 사랑받는 그림책이다.

겨울잠에서 깨어난 숲속 동물들이 큰 동물, 작은 동물, 달팽이까지 모두 일제히 무언가를 향해 내달린다. 달팽이가 달릴 수 있는지는 논외로 치고. 어쨌든 모든 동물이 전속력으로 질주하고⋯⋯. 모두가 한 송이 작고 노란 꽃을 둘러싼다. 흑백 그림 속에 그 꽃만 따스한 노란색으로 봄이 왔음을 알리고 있다. 원제는 『The Happy Day』였다. 행복한 그날, 이라는 뜻일까.

그 친구에게 그림책 속의 '노란 꽃'은 무엇에 해당할까. 두말할 필요도 없이 재발을 두려워하지 않고 예전처럼 건강한 나날을 보내는 게 아닐까. 우리는 그 친구가 그 '노란 꽃'을 손에 얻을 날을 간절히 기도하면서도, 불안에서 해방된 나날을 그 친구에게 선물하지 못했다.

입원과 퇴원, 복직을 다람쥐 쳇바퀴 돌듯 반복하다 마지막 퇴원에서 이 년 반이 지났을 무렵이었다. 대기업에 근무하던 남자친구는 해외 출장 중이었다. 며칠 집을 비우기를 주저하던 남자친구에게 "내가 옆에 있어 달라고 말할 때 옆에 있어 줘. 아직은 괜찮으니까"라고 등을 떠민 사람은 그 친구였다.

그날 밤, 나 혼자만 그 친구 곁에 있었다.

그 친구는 죽음과 마주하는 과정을 홀로 한 걸음 한 걸음 조용히, 그러나 당당하게 걷고 있었다는 생각이 든다. 그 전에는 가끔 우울함에 몸부림치기도 했고, 모든 것을 포기하고 싶다며 힘들어하는 모습을 보이기도 했다. 때로 자기 안으로 파고들었다가, 때로는 공격적인 모습을 보여주기도 했다. 하지만 떨어지는 체력과 반비례하듯 몇 개월 사이에 정신적으로 차분하고 깨끗한 상태에 도달한 것처럼 보였다.

"조금 무거운 고백이 있는데 들어줄래?"

저녁 식사를 마치고 나서 친구가 운을 뗐다. 이 책의 제목을 빌린다면 말 그대로 그 친구의 '끝맺음'에 대한 소망에 관해서였다.

은은한 푸른색 긴 소매 잠옷을 입어 소년처럼 보이던 그 친구는 자신의 마지막에 대해, 여러 사람의 끝맺음에 대해, 세상을 떠난 후의 일까지 포함해 하나하나 말로 옮겼다. 고된 투병 생활을 거치며 도달한, 나름의 결의와 결론을 말로 전했다.

소중한 친구가 자신의 마지막을 이야기하고, 나 혼자 그 이야기에 귀를 기울이고 있다……. 그 상황은 30대 후반이던 나에게는 그 친구가 그리 선언했듯, 무척이나 무거운 고백이었다. 자신의 죽음을 인정하는 과정이며, 받아들였음을 의미했다.

이런저런 말을 그러모아 내가 할 수 있었던 말은, 그녀가 말했던 '끝맺음'에 관해 간단하게라도 좋으니 직접 글로 쓰라는 것. 여력이 된다면 변호사에게 문서 보관을 의뢰하고 집행해 달라고 부탁할 것. 그것이 그녀의 바람을 이루어주는 가장 중요한, 빠뜨리지 말아야 할 절차임을 드문드문 전했다. 그 친구에게 아직 충분히 그렇게 할 여유가 있다고 믿었다.

죽음을 전제로 그 친구에게 내가 솔직하게 이야기할 수 있었던 시간은, 그날 밤이 처음이자 마지막이었다.

그리고 몇 달 뒤……. 안타깝게도 그녀는 자신의 끝맺음에 관해 글로 남기지 못하고 마지막을 맞이하고 말았다.

"다 쓰면 변호사 만나러 갈 때 같이 가 줘."

그렇게 말했건만.

그 친구가 돌아올 수 없는 곳으로 떠난 후, 나는 상실의 슬픔을 끊어내듯, 친구에게 직접 들은 희망을 고향에서 올라오신 부모님과 남자친구에게 전했다. 하지만 그날 밤 친구가 이야기한 희망은 문서로 남겨지지 못했기에 이루어지지 못한 부분도 있었다.

그녀의 너무 이른 만년과 마지막을 가까이에서 접하고, 그녀의 생각을 알았던 나는 그 사실을 받아들이고, 그리고 어쩔 수 없는 일이라고 인정하는 데 몇 년이나 걸렸다. 지금도 정리되지 못한 앙금이 남아 있다.

아마 이 경험이 '아직 내일이 있다'고 생각하던 나에게 끝맺음의 중요성을 가르쳐 주었던 최초의 사건이리라.

나에게 최선이 무엇인지는 알지 못하지만, 그 시점에서 가장 올바른 선택을, 할 수 있다면 문서로 남겨두어야 한다. 그렇게 가르쳐 준 사람이 그 친구였다. 40대 막바지에도 비슷한 경험을 하며, 미완성이던 유언을 써 두자는 내 습관이 시작되었다. 그 친구들이 선물해준, 예습과 같은 깨달음, 숙제와 같은 깨달음이기도 했다.

유언장은 변호사와 믿을 수 있는 지인에게 맡겨 두고 있다. 내용은 크게 나누어 얼마 안 되는 내 재산을 특정 활동(평화와 인권, 반차별에 관한 활동)에 남긴다는 것, 죽을 날을 미루기 위한 연명 치료는 희망하지 않는다는 것, 두 가지다. 거기에 크레용 하우스 직원들이 새로운 일자리를 찾을 때까지의 보장 등을 덧붙였다.

지금도 유언장의 첫 부분은 거의 달라지지 않았다. 다행인지 불행인지 내 재산이 늘어나지 않았기에 고쳐 쓸 수고를 덜었다.

한편 나이를 먹으며 덧붙인 두 번째 항목은 불필요한 연명 치료를 거부한다는 의사 표명이다. 가능하다면 자연스러운 죽음을 맞이하고 싶다는 바람이다.

앞서 말했듯 내 어머니는 늘그막에 치매를 앓으셨다. 한 가지를 선택해야 했다면 당신은 어떤 선택을 하셨을까. 어머니의 뜻을 몰라 고뇌하던 날들이 있었다. 영양 공급을 위해 위에 튜브를 삽관하는 시술을 비롯해 어머니 본인은 그 모든 치료 과정을 바라셨을까, 의문이 끊이지 않고 맴돌았다. '이래도 괜찮을까'라는 갈등은 그밖에도 수없이 많았다.

치매 등의 질병은 자신이 바라지 않는 연명 치료를 포함해, 각종 치료가 본인의 의사와 무관하게 이루어질 가능성이 있다. 가족과 주위 사람은 사랑하는 사람의 연명을 바란다. 많은 이들에게 그것이 자연스러운 선택이다. 그 순간 본인의 의사를 전하는 확실한 무언가가 없다면 주위에서는 망설이며 힘들게 결단을 내려야 한다. 하나의 결단을 내린 후에도 정말로 옳은 결정이었는지, 줄곧 괴로워해야 한다. 그 고통은 그 사람을 떠나보낸 후에도 계속 이어진다. 그래서 나는 '이러이러한 상황이 되면'이라고 내 의사를 전하는 문서를 남겨두기로 했다.

떠나는 쪽이 아무리 철저하게 준비해본들 사랑하는 사람을 보내야 하는 쪽에서는 이런저런 후회가 남게 마련이다. 그 후회를 하나라도 덜어줄 수 있도록, 떠나는 쪽이 마지막으로 건네는 선물이 아닐까. 특히 연명 치료 선택에 대해서는 주위를 번거롭게 하지 않고 내의사를 꼭 실행해 주길 바란다. 그런 생각이 생전 유서를 '쓰게 만든' 원동력이다.

나는 매년 1월 1일, 한 해를 시작하는 첫날 '처음 하는 일'로 유서를 쓴다. 한 해의 시작에 그 일을 마쳐두면 무척이나 후련한 기분이 든다. '자, 올 한 해도 활기차게 살 수 있겠다'라는 에너지가 차오른다. 새해 첫날 쓰는 유서는 '죽음을 바라보는 일은 적극적으로 사는 행위'라는 깨달음을 실감하게 해준다.

인생 마지막 장의 '나'를 축으로 삼는다

노화나 죽음이란 때로 감당하기 힘들 정도로 벅찬 주제라 결정을 내리고도 두고두고 후회하는 경향이 있다. 그래도 정년퇴직을 하고, 가족 뒷바라지와 간병이 시작되고, 자녀들이 독립해서 둥지를 떠나고 집을 줄여나가는 등 인생의 몇몇 굽이굽이에 생각할 기회가 주어질 터이다.

유언장은 하나의 방법이나, 그 김에 이런저런 '끝맺음' 방법을 생각해 두는 게 '앞으로의 나날'을 살아가는 데 필요한 법이다.

나는 자식이 없지만, 만약 있다손 치더라도 내 인생의 축은 따옴표를 단 '나'로 삼고 싶다. 직함이나 보직(애초에 관심이 없지만), 누군가의 부모나 누군가의 친족 등 모든 것을 벗어던지고 마지막에 남은 개인으로서의 '나'다.

마지막 몇 년은 그렇게 '나'로 살고 싶다, 혹은 이런 '나'로 살고 싶지 않다는 생각을 막연하게나마 곱씹어 보곤 한다. 그리고 그런 상태와 방법이 인생의 마지막을 사는 나에게 가장 바람직한 '형태'일까, '분위기'일까를, '끝맺음'을 준비하며 생각한다……. 그리고 글로 쓴다.

설령 세간에서 일반적으로 바람직하다고 여겨지는 것일지라도, 이른바 인생의 마지막 장에 이른 '내'가 수긍할 수 없다면, '나에게 좋은 끝맺음'이 될 수 없다.

나는 '나는 나'라는 가치관을 중요하게 여긴다. 반대로 '당연히 해야 한다'는 감각이 가장 고역이다. 산다는 건 좋든 싫든 수많은 '당연히 해야 하는 일'에 묶여 있다. 마지막쯤은 이 '당연히 해야 하는 일'에서 해방되고 싶다. '자유롭게 살다 가고 싶다!'고 생각한다.

'끝맺음'의 방법은 사람마다 천차만별이다. 어떤 사람이 바라는 마지막이 다른 사람에게 들어맞는 일도 없거니와, 딱 떨어지는 정답 따위는 없다.

예컨대 나는 '할 수 있는 선에서 가진 것을 내려놓자'는 주의다. 반면 죽기 직전까지 자신의 욕망에 최대한 충실하게 살다 가고 싶다고 생각하는 사람도 있을 수 있다. 그 사람에게는 그 방식이 자기다운 삶의 방식이며, 그 결과로 맞이하는 인생에 마침표를 찍는 방식이다. 남이 이러쿵저러쿵 할 일이 아니다.

각자가 모색하고 각자의 시점에서 자신에게 가장 바람직한 방향을 결정한다. 그게 전부다. 생각이 바뀌면 고쳐 쓰면 그만이다.

한 지인은 해마다 생일에 유언장을 쓴다고 했다.

"처음 썼을 때는 엄청 신경이 쓰여서 유언장 생각이 머리에서 떠나지 않더라. 매년 생일마다 다시 쓰자고 계획하면서, 한 달 단위로 수정했던 시기도 있었어."

그녀는 쓴웃음을 지으며 말했다. 그리고 이렇게 덧붙였다.

"지금은 마음이 엄청 편안해졌어."

'나다움'에 얽매이지 않는다

'나'라는 존재는 일정한 연령대가 되어 홀연히 모습을 드러내지 않는다. 살아온 수많은 어제가 있고, 지금의 '내'가 '여기'에 있다.

그래도 내 안에는 아직도 각성하지 못한 '내'가 모르는 '내'가 있을 수 있다. 그게 사는 재미다.

한때 '나다움', '개성'이라는 표현이 유행했다. 얼추 40년 전에 나도 그런 제목으로 책을 내기도 했다. '여자다움', '남자다움' 등의 개념이나 사회와 역사가 만들어낸 성 역할, 젠더와 성별 분업에서 비롯된 삶의 무게와 답답함을 오랫동안 느끼고 살던 여성들은, '여자다움'이나 '남자다움'을 대신할 말로 '나다움'이라는 단어를 발견해 적극적으로 사용하게 되었다.

그 과정은 충분히 이해할 수 있다. 나도 그런 사람 중 하나였으니까. 남성들은 '나답다', '나다움'이라는 말을 그다지 사용하지 않는다. 당연하다. 그들 대다수는 인생을 시작한 순간부터 '나다운' 삶의 방식을 추구하라고 사회적으로 용인받았고, 실제로 그런 삶을 추구했기 때문이다.

그러나 사회가 '남자다움'이나 '여자다움'의 덫에 의문을 느끼고 '나다움'이 빈번하게 활자로 나타났을 무렵, 나는 반대로 문장과 대화에도 '나다움'을 사용하지 않게 되었다. '~답다'라는 말에는 '당연히 무엇을 해야 한다'와 일맥상통하는 빡빡함이 숨어 있기 때문이라고 생각되기 때문이다. '남자다움'이나 '여자다움'이라는 개념이 과거 많은 사람의 의식을 옭아매었듯 때로 '나다움'이라는 고정된 이미지가 자신을 옭아매는 올가미로 작용할 수도 있다.

녹초가 되어서도 '항상 활기찬 모습이 나다우니까'라며 스스로 다그친다면 그건 일종의 강박관념이다.

요즘에도 주최자가 정한 '나답게 산다'라는 주제로 남녀 공동 참가 사회에 관한 강연에 나설 때가 종종 있다. 나는 강연하러 가면 '남자다움'이나 '여자다움'에 이의를 제기한 여자들과 소수의 남자들이 '나다움'이라는 개념을 발견했던 역사는 환영한다고 서두를 뗀다. 그리고 주최자의 의도에 반기를 드는 듯해 면목이 없지만, '나다움'이란 개념 역시 유일무이한 나라는 개체를 자의적으로 규정하고 옭아맬 수 있다는 이야기를 꺼낸다. 하나의 틀을 뛰어넘으려고 다른 틀 속으로 뛰어드는 행동은 어리석다.

슬슬 '나다움'이라는 틀을 뛰어넘어 틀 밖으로 비어져 나와노 좋지 않을까. 틀을 벗어나면 다른 자신을 발견할 수 있을지도 모른다.

'나'를 축으로 하는 '끝맺음' 방식도 한 번 정하면 끝이 아니라, 그 방식이 자신의 그릇 크기와 생활조건에 맞지 않게 되었을 때는 과감하게 부수고, 다시 새로운 방식을 만들면 그만이다. 만드는 것보다 부수는 쪽이 힘든 작업이지만, 혼자 상상했던 '나다움'에 집착한다면 안 그래도 고생스러운 여정이 지겹게 이어질 따름이다.

STAND ALONE

나는 내 인생을 어떻게 마무리하고 싶은가.

다소 경박한 표현일 수 있으나, 역시 '멋지게' 살고 싶다, 고 바라는 내가 있다는 사실을 부정할 수 없다.

무엇을 '멋지다'고 말할지는 사람에 따라 다르다. 다소 무리하더라도 '멋진 자신'을 만들어 나가지 않으면 점점 바닥으로 떨어져 내릴 것만 같아 불안하다. 마치 날씬한 몸매를 열망하는 마음과 비슷하다. 가끔 '지금 이 일을 하는 나는 멋질까?'라고 자신에게 물어볼 때가 있다. 글렀다고 생각할 때도 있거니와, 제법 봐줄 만하다는 생각이 들 때도 있다.

어디까지나 자신에게 '멋진지' 아닌지가 기준이다. 내가 생각하는 '멋지다'는 '아첨하지 않는다', '어리광부리지 않는다', '기대지 않는다', '사람을 차별하지 않는다'는 마음가짐 등을 필수조건으로 삼고 있다. 남자도 여자도 관계없다.

현실 사회에서는 아주 자연스럽게 애교를 부리며 슬쩍 기대는 게 일종의 기술이라고 여겨지지만, 안타깝게도 나에게는 그런 재능이 없는 모양이다. 아무래도 '애교를 부리고 아부하며 기대는 일=귀찮다'라는 생각이 앞선다. 그래서 손해를 보았을 수도 있다. 하지만 누군가에게 기대지 않고 인생의 짐을 최대한 스스로 짊어지고 살아왔다고 믿고, 또 그렇게 실천해 왔다.

'STAND ALONE'이라는 말이 있다. 자립한다는 뜻이다.

백 퍼센트 혼자 힘으로 설 수 있다면 멋지고, 그게 이상이기도 하다. 그러나 아무리 혼자 고고하게 우뚝 서 있을지라도 알고 보면 어딘가에서 누군가가 버팀목이 되어주고 있으리라. 그 애매한 테두리를 인정하면서도 최대한 혼자 힘으로 서고 싶은 게, 내가 나라는 기준이다. 사상도 자세도 마찬가지다. 자립하지 못하면 타인과도 소통할 수 없다.

'멋있는 나'란?

내 어머니는 자신을 멋지게 평생 열심히 가꾸어온 분이었다고 말할 수 있을지 모르겠다. 홀몸으로 나를 낳고 이후 줄곧 '멋지게' 살자는 자세를 애틋할 정도로 고수해온 분이기도 했다.

어머니와 딸뿐인 가정이었기에 옷장을 공유하고 함께 목욕탕에 들어가도 이상할 게 없었지만 당신은 절대 딸인 나에게 기대지도, 딸을 자신의 영역에 가두지도, 지배하려고도 하지 않으셨다. 도리어 의식적으로 거리를 두려는 자세로 일관했고, 나에게도 어린 시절부터 "스스로 결정해. 네가 좋아하는 걸 선택하렴"이라고 입버릇처럼 말씀하셨던 기억이 있다. 그리고 나면 반드시 "네 인생이니까"라는 말을 덧붙이셨다.

아마 어머니 안에는 딸과의 농밀한 관계를 바라는 자신과 사랑이라는 이름 아래에 딸을 옥죄고픈 자신과의 갈등이 끊임없이 존재했으리라. 그래서 어머니가 바람직하다고 여긴 딸과의 거리를, 사랑이라는 이름 아래에 좁히는 데 의식적으로 제동 장치를 거셨다고 생각한다.

어머니의 어머니, 그러니까 나에게 외할머니 되는 분은 어느 쪽이 냐 하면 간섭이 심한 유형이셨다. 그렇게밖에 할 수 없었던 개인적, 사회적 사정도 있었다고 이제는 이해하지만, 어쩌면 어머니는 외할머니의 간섭이 답답해 '나는 우리 어머니처럼 하지 않겠다'고 결심했는지도 모른다.

어머니는 생전에 딸의 일터인 크레용 하우스를 한 번도 찾아오지 않으셨다. 몇 번이나 권했지만 같은 도쿄, 그것도 차로 25분만 가면 되는 곳에 사시면서도 한사코 발걸음하지 않으셨다. "그건 네 일이니까", "나는 관계없다"는 것이 이유였다. 그래서 너무 고지식한 게 아닐까, 라고 생각한 적도 있다.

"네 어미라고 해서 직원들이 긴장하면 다른 손님들에게 신경을 덜 쓰게 되고 그러면 자연히 서비스가 소홀해지지 않겠니. 그래서 내키지 않는다."

딸의 일터에 발길조차 하지 않으셨던 어머니의 변이었다.

어머니에게도 분명 '가보고 싶다'는 마음이 있었을 터이다. 잡지 등에 게재된 크레용 하우스 기사에 나보다 열심히 눈도장을 찍던 어머니셨으니 말이다.

그 마음을 누르고 거리를 두려고 했던 어머니다. 크레용 하우스는 한 예에 지나지 않는다. 딸과의 거리를 한번 좁히면 곶감 꼬치에서 곶감 빼먹는 듯한 소모적인 관계가 되고 만다……. 그건 그대로 어머니 당신의 인생을 무너뜨리는 일이 되지 않을까……. 그런 불안이 당신 안에 있지 않았을까. 어머니를 보내고 나서 비로소 드는 생각이다.

'STAND ALONE'은 서부극이나 하드보일드 영웅들의 전매특허가 아니다. 필사적으로 자신을 지키고, 필사적으로 자신의 인생을 살고자 하는 여인의 주제이기도 하다.

조금 쑥스러운 이야기지만, 나는 이런 어머니의 딸이라는 사실에 진심으로 감사한다. 같은 여성으로서 '멋지게 살다 가셨다'고 어머니에게 전하고 싶다. 동시에 가끔은 조금 더 딸에게 기대주셨으면, 하고 약간 서운한 마음도 든다.

아첨하지 않고 응석 부리지 않고 기대지 않고 'STAND ALONE'을 주제로 살고 싶다고 쓰면서도 문득 생각한다. 서로 이해하는 관계에서는 어쩌다 부리는 '어리광' 정도는 밀쳐낼 게 아니라고. 그 정도도 없는 인생은 또 너무 쓸쓸하지 않을까?

어머니가 그리 하셨던 이유는 충분히 이해하고 또 그렇게 당신의 의사를 일관되게 유지하신 삶의 방식도 충분히 존중하지만 말이다.

자, 그렇다면 나는? 나도 누군가에게 살짝 서운한 생각이 들게 하지 않았을까…….

포기도 때로 중요

'끝맺음을 하자'는 자세를 유지하는 마음가짐은 중요하다. 그렇다고 그 마음이 스트레스가 되어서는 안 된다. 약한 모습을 보이지 않는 게 때로 가까운 누군가에게는 스트레스가 될 수 있듯이.

천재지변뿐 아니라 인생에도 뜻하지 못한 사건이 발생하고 강제적으로 예기치 못한 '끝맺음'을 맞이해야 하는 때가 있다. 갑작스러운 사건에도 당황하지 않도록 철저하게 준비 태세를 갖춘 사람은 그다지 많지 않으리라.

아무리 버텨도 '끝맺음'을 하지 못한 채 그날을 맞이할 수 있다. 그래서 할 수 있을 때 최선을 다해 '끝맺음'을 해두고 싶다. 그러나 한편으로 '미처 마무리 짓지 못한 일은 어쩔 수 없다. 죽으면 누가 무슨 말을 하든 본인은 알 길이 없잖아'라고 어느 선에서 놓아버리고 싶은 마음도 솔직히 내 안에 있다.

남겨진 사람에게 폐가 될 만큼 잡다하게 벌여놓은 채 인생을 끝내는 건 부끄럽지만, '내가 죽고 나면 어쩔 수 없잖아'라고 생각하는 '숨 쉴 구멍'도 한편에 마련해 두고 싶다.

내일 나는 비행기로 도쿄를 떠난다. 여행길에 무슨 일이 생길지, God knows it.

인생의 '끝맺음'을 최우선 순위에 올려놓아도 모든 일을 마무리하지 못하고 끝날 공산도 높지 않을까. 인생의 '끝맺음'도 할 만큼 하고, 할 수 없는 부분은 포기하는 자세도 그럭저럭 나쁘지 않잖아? '그때는 또 그때 가서 어떻게 되겠지'라고 낙관적으로 생각해도 괜찮다며, 그렇게 나를 구원한다.

그래서다. 할 수 있는 일을 해 두자고. 그게 내 '새해 첫날 할 일', 생전 유서 작성이다.

'어른의 끝맺음'은 내 숙제

첫머리에서 썼듯 내 나이를 고려하면 '끝맺음'은 긴급하게 착수해야 할 과제 중 하나이기도 하다. '어른의 끝맺음'은 나 자신에게 주어진 '숙제'이며, 당장 내일로 닥친 마감보다 큰 문제다.

사람은 해야 하는 과제가 있다는 걸 알면서도 기한을 정해 두지 않으면 손을 대려 하지 않는 속성이 있기에(적어도 나는 그렇다), 이 책을 쓰며 일종의 '예습'을 하고 있다.

글로 적으면 돌이킬 수 없기에 실천할 수밖에 없다. 동시에 내가 쓴 글이 내 그릇에 맞지 않으면 몇 번이고 고쳐 쓴다. 그러나 갑작스러운 사고 등으로 미처 고쳐 쓸 기회를 얻지 못할 때도 있다고 어느 정도 각오는 해 두고 있다. 뭐, 그 정도면 충분하지 않냐고.

'끝맺음'은 또 나라는 한 인간에게만 국한되지 않는다. 업무상의 '끝맺음', 인간관계의 '끝맺음', 그리고 지금 사회와 어떻게 마주할지, 어떻게 바꾸어 나갈지, 라는 '끝맺음', 이 모든 것을 생각하는 과정이 '어른'의 끝맺음이며 책임이라고 생각한다.

'끝맺음'이라는 단어의 의미를 들여다보며 아주 쉽지는 않겠다고 새삼 통감하면서도, 그렇다고 해서 내팽개쳐 버리면 미련이 남는다.

릴리언 헬먼의 작품을 특별히 의식한 건 아니지만, 어쨌든 인생은 모두 '미완'이다(미국의 여류 극작가인 릴리언 헬먼의 자서전 제목이 '미완의 여인'을 뜻하는 『An unfinished woman: a memoir』인 데서 따온 비유_옮긴이).

미완으로 남기고 싶지 않더라도 대개 미완인 채 그 순간을 맞이한다. 설령 미완으로 인생을 끝마치더라도 미완이라는 인식을 단단하게 부여잡고 조금이나마 미완을 줄여나가려면 어떻게 해야 할까. 미지의 내일로 나아가기 위해 어떻게 해야 할까. 이 책 속에서 하나씩 구체적으로 생각해 나가고 싶다.

2장

일의 끝맺음

_일은 즐거운가.
아니면 그저 고통스러울 따름인가.
즐거움과 고통을 알록달록 덧칠한 그러데이션 그림이
대개 현실이라 부르는 모습이다.

'일터' 이외의 '보금자리'를 만든다

밖에서 보면 '일의 끝맺음'은 급여생활자를 기준으로 하면 정년퇴직과 동시에 직면하게 되는 과제다. 일이 좋아서 일할 때는 콧노래가 나올 정도로 신명이 난다는 사람이나 일종의 일 중독자(아마 나도 여기에 포함되리라)에게 퇴직은 쓰라린 아픔으로 다가온다.

특히 요즘은 중소기업부터 대기업까지 실적 악화로 대량의 정리해고를 단행해 예상보다 일찍 아픔을 맛보고 경제적 위기에 내몰리는 사람이 있다. 참으로 가슴 아픈 현실이다.

그래도 일반적으로 정년은 예측할 수 있다. 자신이 선택한 조기퇴직 역시 이 범주에 넣어도 좋으리라. 정년이 정해져 있으면 지금 하는 일을 서서히 '마무리(인수인계)'하고 감정적으로도 홀가분해져 수월하게 퇴직을 준비할 수 있다.

이때 일이 줄어들다 점차 사라지는 과정을 서서히 '일에서 해방된다'고 생각하며 마음을 다잡아야 한다. 물론 말이야 쉽지만 실제로 해보면 절대 쉽지 않다.

지금까지 일에 모든 것을 바쳤던 사람일수록 일이 줄어들고, 아예 사라지는 상황을 받아들이지 못한다. 나에게도 일 중독 경향이 있어 그 마음을 잘 안다.

일은 나라는 존재를 형성하는 정체성, 그 자체에 가깝다. 그런데 내 눈앞에서 일이 점점 줄어들고 어느덧 사라져 간다.

급여생활자는 내가 회사에서 필요 없는 사람처럼 느껴져 서운해진다. 또 청춘을 바쳐 열심히 일한 대가가 고작 이거냐며 후회하는 사람도 있게 마련이다. 사랑하는 사람에게 갑작스럽게 헤어지자는 말을 들었을 때와 비슷한 심경이 아닐까.

그럼 어떻게 해야 할까? 정년퇴직 후에는 기존의 직함이나 직위가 확실히 사라진다. 그럴 때는 내가 그 자리를 차지했기 때문에 전임자가 그 자리를 잃었다는 사실을 떠올려 보자. 기업이 존재하는 한 되풀이되는 일이다. 어느 정도 마음을 추스르고 나면 본격적으로 중요한 과제를 생각할 시간이 온다.

나는 무슨 일을 하고 싶은가? 여태까지 그래왔던 것처럼 '전념하고 열정을 바칠 수 있는 무언가'를 찾으면 충분할까?

우리가 '일'이라고 부르는 대상은 자신이 열정을 바치며 보람을 느끼고 만족할 수 있으며, 그 일을 하면 누군가에게 도움이 되는 일을 통틀어 일컫는 '상징'에 지나지 않는다는 생각도 해본다.

많은 사람이 평생 현역으로 살고 싶다고 말한다. 그러나 현역일 때 느낀 고양된 감정을 오로지 '일'에서만 실현할 수 있는 것은 아니다. 지금까지 자신이 일에 쏟은 열정과 의욕, 능력을 그간 발휘해왔던 장소, 지금까지 사용한 명함에 적힌 회사와 다른, 또 다른 활동 중에서 찾아낼 수도 있다. 의외로 이런저런 곳에 다양하게 존재한다. 많은 퇴직자가 시민단체 모임에 의욕적으로 덤벼드는 이유에서도 공통분모를 찾을 수 있지 않을까?

정년퇴직 후의 깊이

2014년에 돌아가신, 작가이자 전위미술가였던 아카세가와 겐페이의 유고집 『노인력』에 다음과 같은 구절이 있다. 나이를 먹으며 나타나는 변화에 관한 구절이다.

하지만 재미있게도 한계를 알고 나면 도리어 자신이 하고 싶은 일을 할 수 있게 되기도 한다.

(중략)

무언가 할 수 있을 성실은 일을 한 가지 찾아내 해 나간다. 그러면 그 안이 의외로 넓다. 밖에서는 좁아 보여도 안은 깊고 넓을 때가 있다. 그런 부분이, 아무래도 젊을 때는 생각이 미치지 못한단 말이다.

'밖에서는 좁아 보여도 안은 깊고 넓은' 활동은 적지 않다. 도무지 감이 잡히지 않더라도 조바심을 낼 필요가 없다. 시간은 차고 넘친다. 몇십 년이나 일해 왔다. 조금 쉬는 시간을 가져도 좋지 않을까. 서둘러 옮겨갈 다음 의자를 찾기보다 조금 시간을 들여 새로운 의자를 찾아보면 어떨까. '나는 도대체 무엇을 하고 싶은가'라고.

정년퇴직하고 나서 그림책을 완성한 사람이 있다. 소년 시절부터 그림을 좋아했지만 '그림으로는 먹고살 수 없겠다'고 생각했단다. 어쩌다 휴가가 생기면 회사 일에 지장을 주지 않는 범위에서 붓을 잡았다. 퇴직 후에는 같은 취미를 가진 사람이 모이는 작은 모임에 얼굴을 내밀기도 했다.

"동호회 모임은 동호회 모임대로 즐거웠죠. 하지만 처음에는 부담스러웠어요. 정말 여기가 나에게 맞는 자리일까. 퇴직 후에 생긴 마음의 공허함을 채우기 위해 찾은 장소가 아닐까. 서두르지 말자고 마음을 다잡았어요. 시간은 충분하다. 한 달에 한 번씩 모임에 얼굴을 내밀며 조금씩 익숙해졌어요."

그렇게 퇴직하고 나서 오 년 반. 그림책 한 권을 완성했다.

또 들꽃 사진을 꾸준히 찍는 사람도 있다. 본래 산을 사랑하는 사람이었다. 그가 찍은 아침이슬 맺힌 연보랏빛 체꽃 사진은 내 작업실 책상 앞 벽에 걸려 있다. 꽃 사진을 찍으며 그는 식물, 특히 고산식물에 관해 70대에 공부를 시작했고, 환경문제까지 시야에 넣으며 지금도 활발한 활동을 펼치고 있다.

보육교사로 일하다 퇴직하고 나서 그간 모은 그림책을 지역 어린이들에게 개방하는 '함께 읽는 독서 모임'을 시작한 여성도 있다. '책 읽어주기'라고 하면 어른이 아이에게 읽어주는 광경을 떠올리기 쉽다. 하지만 그녀는 아이가 다른 친구에게, 혹은 어린아이가 어르신에게 책을 읽어드리거나, 서로 말없이 각자의 책을 읽는 시간과 공간이 있어도 좋지 않을까, 생각했단다. 그래서 자기 집의 방 하나를 '독서 모임'에 내주었다.

"책장이 있기는 한데 다 꽂을 수 없어서 어떤 책은 그대로 바닥에 쌓아두기도 하는 작은 공간이에요. 그래도 다양한 연령대 사람들이 한 방에 모여 함께, 때로는 각자 조용히 책을 읽어요. 책을 읽고 나면 열띤 분위기에서 서로의 감상을 이야기하기도 하고, 누군가 구워온 쿠키를 다 같이 나누어 먹기도 해요. 그러다 초등학생이 불쑥 학교에서 있었던 따돌림 이야기를 꺼내기도 해요. 예전에 자주 드나들던 고등학생이 어린 동생들을 우르르 몰고 밖에 놀러 나가기도 하고요. 어르신이 (저도 어르신 축에 속하지만) 공기놀이할 때 쓰는 공기 만드는 법을 전수해 주신 적도 있어요. 크리스마스 시즌이 오면 다 같이 숲에 가서 나무 덩굴을 찾아서 리스를 만들기도 하고⋯⋯. 이 집 저 집 아이들이 모이고, 아이였을 때부터 드나들던 사람이 책을 중심으로 만나고, 다시 만나고, 동네 사랑방처럼 우리 집 방 한 칸을 사용하고 있어요."

특히 자신을 표현하는 데 서툴던 아이(의외로 주위에 많다)가 서서히 마음을 열고 표정을 되찾아가는 과정을 함께 한 것이 '최고의 행복'이었다고 그녀는 말했다.

"물론 이렇게 하는 게 낫다거나, 저렇게 하라고 말할 자격이 있는 사람이 아니기도 하고. 무엇보다 저희 '독서 모임'은 그런 자리가 아니에요. 저는 책이 있는 공간에 가면 언제나 있는 할머니 정도면 충분해요."

"잘 다녀왔어?"라고 학교 다녀온 동네 꼬마들을 반가이 맞이해 주고, "차라도 한 잔 할래?"라고 한때 아이였던 사람들에게 편안하게 한마디 건네는 반다나 할머니.

아, 반다나 할머니라는 건 그녀가 언제나 반다나를 머릿수건 삼아 쓰기 때문에 생긴 별명이란다.

명함의 직함을 삭제한다

일에 대한 집착에는 두 가지 마음이 숨어 있다. '좀 더 일하고 싶다'는 마음과 무의식적으로 '지금 가지고 있는 직함을 내놓고 싶지 않다'는 마음이다.

어느 공간에 있는 의자 수는 대개 정해져 있다. 그래서 그 의자를 획득하기 위해서는 누군가와 쟁탈전을 벌여야 한다. 그러나 뺏고 뺏기는 쟁탈전은 때로 사람을 피로하게 만든다. 얻으나 잃으나 피곤하기는 매한가지다. 그렇다면 이미 거기 있는 의자를 내 것으로 만들기 위해 안간힘을 쓰기보다, 그곳에 없던 완전히 새로운 의자를 만들기 위해, 그리고 새로 만들어진 의자를 내 자리로 만들기 위해 에너지를 집중하자고 생각하는 편이 낫지 않을까. 세상에는 '쟁탈전 그 자체가 삶의 보람'이라는 사람도 있으니, 그 부분은 아무쪼록 여러분의 자유에 맡기려 한다.

명함에 직함이 줄줄이 찍혀 있다는 사실에 어깨가 으쓱해지는 사람들은 그 감각에서 '졸업'하는 일이 다음 단계로 나아가는 첫걸음이며 편하게 사는 길임을 좀처럼 깨닫지 못할 공산이 크다. 최근에는 남성뿐 아니라 직함에 집착하는 여성도 늘어난 듯하다. 남녀 공동 참가 사회에서 비롯된 얄궂은(?) 선물이라고 해야 할까.

특히 내 선배쯤 되는 연령대의 여성들은 지금의 자리를 차지하기 위해 길이 없는 곳에 길을 만들며 힘든 길을 헤쳐 온 나날들이 있다. 물론 그런 구조 자체가 문제지만 구조는 논외로 치더라도, 무언가를 한번 손에 쥐면 쉽게 놓아버리지 못하는 사람의 심리도 간과할 수 없다. 그러나 약간의 허세가 따르더라도 의자를 깔끔하게 양보하는 게 훨씬 멋지지 않을까. 누구 눈에 좋아 보이라고? 물론 내 눈에 좋아 보이라고다.

의자 쟁탈전을 졸업하고 나면 사람들이 연연하던 의자도, 비키지 않으려 버티던 의자도 별것 아니라는 생각이 든다. 쓸데없이 소모적인 일에 에너지를 낭비할 필요가 없다. 인생은 개인전이라, 자신의 의자가 살짝 삐걱거리거나 비뚤어져도 '내가 만들면 그만!'이라는 마음가짐으로 살면 그만이다. 나라면 그렇게 살리라. 그편이 훨씬 홀가분하고 보람도 있다.

이미 가진 것에 대한 집착은 사람을 심리적으로 몰아붙인다. 맞든 안 맞든 내가 앉을 의자는 내 손으로 만들고 싶다.

식물을 통해 친해진 사람들이 있다. 나도 식물에 푹 빠져 살지만, 그분들은 식물에 대해 모르는 게 없다. 씨 뿌리기부터 시작해 떡잎이 날 무렵, 이어지는 생육기까지. 물 주기부터 비료(나는 발효 비료를 사용한다) 주는 법, 심는 법, 겨우내 돌보는 법 등 모르는 일은 그분들과 의

논한다. 그러면 바로 답이 돌아온다. 유기 비료를 발효시켜 '발효 비료' 만드는 법도 책에서 배운 부분보다 그분들에게 배운 알토란같은 지식이 더 많다.

우리 집에 있는 몇몇 화분은 그분들이 애지중지하며 돌보던 식물들을 포기 나눔 등으로 얻어온 아이들이다.

그분들은 원예를 통해 자신의 자리, 즉 '의자'를 만들어낸 사람들이다. 시작하고 보니 원예는 무척 심오한 세계다. 카렐 차페크처럼 자기만의 〈원예가의 열두 달〉 노트를 완성한 여든 살 어르신도 계신다.

일반적으로 충분히 '공적으로 이름을 얻고 성공을 거두고'(나는 그 부분에는 거의 흥미가 없지만) 나서도 손을 놓지 않고 다른 사람보다 앞서 나가려는 사람이 이따금 눈에 띈다. 이런 사람을 보고 있노라면 실례지만, 마음 한구석 어딘가에 무의식적인 허영심이 자리 잡고 있다는 생각이 든다. 허영심이 있기에 더 많은 것을 추구하려는 게 아닐까.

아무리 많은 의자를 가지고 있어도 마지막에는 모두 내놓는 수밖에 없으니 자신을 정확하게 평가할 수 있는지가 가장 중요하지 않을까? 의자에 앉는 엉덩이는 누구나 하나밖에 없으니 말이다.

과거가 아닌, 현재

결국에 마지막으로 남는 건 나 자신뿐이다. 회사 이름이 박힌 명함이 내 일상에서 사라져도 '전(前) ○○'에 집착하는 사람은 서글프다. 현재 그 사람은 지나간 나날이 만들어냈을 따름이다.

가령 누군가를 만났을 때 알고 싶은 건 지금 그 사람이다. 그 이전의 직함이나 규격화된 경력은 어디까지나 지금 그 사람을 알기 위한 단순한 하나의 정보에 불과하리라.

과거는 과거다. 과거를 부정하거나 수정할 수는 없지만, 사람에게는 단단히 부여잡고 살아야 하는 과거와 버려도 좋은 과거가 있다. '전 ○○'는 서서히 잘라내도 좋은 과거가 아닐까.

직함 따윈 잠시 어깨에 내려앉은 고추잠자리 같은 존재다. 내가 살짝 움직이거나 갑자기 바람이 불면 훌쩍 날아가 버리는 법이다. 집착할 만한 대상이 아니다.

생각해 보자. 애초에 '전 ○○'라는 직함만 하더라도 그 직함이 내 과거의 전부였을까?

가족이 보는 나, 지인들이 보는 나, 지역의 일원으로서의 나, 사회 구성원으로서의 나, 개인으로서의 나 등 '전 ○○'라는 업무 직함 이외의 내가 모두 모여 '나'라는 존재를 이룬다. 회사 직함 따위가 사라져도 나라는 존재는 '지금'도 '여기'에 차고 넘칠 정도로 존재한다. 내가 마지막을 맞이할 때까지 변함없이 존재한다.

많은 것을 깎아내고 마지막에 남는 것⋯⋯. 그게 바로 '나'라는 존재다.

가망 없는 일은 깨끗이 손을 뗀다

회사에서의 나, 혹은 일하며 사는 나라는 모습에서 벗어나는 데 저항감을 느끼는 건, 나와의 관계를 애매하게 남겨둔 채 살아온 결과일 수 있다. 반성을 담아 그렇게 생각한다.

회사원인 나와 업무 중심의 나는 어디까지나 '나'라는 인간의 한 조각에 지나지 않는다. 대체할 수단이 없는 소중한 무언가(그렇게 생각하고 싶다)라도 한 조각이다. 그런데 이 조각이 비대해져 나머지 나를 짓누른다면 본말이 전도된다.

이렇게 쓰고 있는 나도 2000년에 어머니 간병을 시작했을 때, 간병을 위해 물리적으로 포기해야 하는 일이 수없이 많다는 사실에, 초반에는 몹시 속상했다. 그때까지의 업무량을 최대 100으로 잡는다면, 간병을 하는 동안에 처리할 수 있는 업무량은 기껏해야 50에서 60 정도였다. 시간적으로나 체력적으로나 그 정도밖에 할 수 없었다. 중요하게 생각하던 사회적 활동 범위도 축소했다.

일을 거절할 때는 당연히 갈등했다. 부끄럽지만 프리랜서이기에 '이 일을 거절해서 다음부터 일이 들어오지 않게 되면 어쩌나'라고 걱정하고 불안해했다.

하필 그런 시기에 줄곧 하고 싶었던 업무 의뢰가 들어왔다. '이 일은 두 번 다시 할 수 없겠구나'라고 예상하면서 거절하려니 입맛이 썼다. 그래서 자신에게 이렇게 선언하는 수밖에 없었다.

'정말로 내가 그 일에 적합한 사람이라면 지금 거절한 일은 다른 형태로라도 언젠간 나에게 돌아온다. 지금 거절해서 앞으로 들어오지 않을 일도 있으리라. 그렇다면 그 일은 내가 필요하지 않은 일이다. 그 점을 냉정하게 이해하자!'

내가 옳았는지는 알 길이 없지만, 그렇게 생각함으로써 나는 일에 대한 일종의 집착을 끊어내고 마음을 정리할 수 있었다. 어머니 간병에 후회 없이 전념하고 싶었기 때문이다. 후회 없는 간병 따위는 없음을 알게 된 건 어머니를 떠나보내고 나서다.

집착을 끊어낼 수 있었던 또 다른 이유가 있다. 나에게는 크레용 하우스라는 존재가 있었기 때문이다. 어린이 도서 전문점(이라고는 하지만 나이 제한은 없다)과 여성 서적 전문점(이라고는 하지만 젠더 프리), 작은 출판사 운영, 유기농 식자재 점포 등. 특히 작은 출판사에서 업무를 의뢰하는 쪽의 경험을 해 보았던 게 나름대로 도움이 되었다.

'어떻게든 이 사람에게 이 주제로 그림책을 그려 달라고 부탁하고 싶다', '무슨 수를 써서라도 이 사람에게 이 그림책 번역을 맡겨야지' 라는 생각이 드는 경우……. 그 작가와 번역자에게 "일 년 후라면 할 수 있다"는 대답을 들었을 때 나는 기다려 줄 수 있고, 실제로도 기다렸다. 반대로 "그렇다면 어쩔 수 없죠. 다른 분께 부탁드릴게요"라는 경우도 있다. 일이란 그런 법이다.

누구에게나 '나는 이 직장에서 중요한 존재다', '이 일은 나니까 의뢰받았다'라고 생각하고 싶은 욕망은 있다. 그러나 머리 한구석으로 '태반의 일은 어쩌다 우연히 나한테 흘러들어왔다', '다른 누군가가 그 자리에 있었더라면 그 일은 그 사람한테 갔겠지'라고 생각해 두는 편이 마음 편하지 않을까.

역시 거리감의 문제다. 자신과 일과의 '거리'라고 해두자.

어머니 간병에 몰두한 지 얼추 7년. '거절해서 일이 들어오지 않게 돼도 어쩔 수 없다'라고 마음을 정리하지 않았더라면 오늘을 내일로 이어가는 일조차 어려웠다. 솔직히 내 일에 대해 고민할 여유도 없었다. 눈앞에서 어머니의 온몸이 불덩이처럼 달아오르거나 혈압이 오르내리거나 심장 박동이 빨라지거나 하는 등의 일이 훨씬 걱정스러웠다. 간병만으로도 벅찼기에 '될 대로 되라'며 자신의 기분을 과감하게 접어둘 수 있었는지도 모른다. 일 중심으로 살다가 두 걸음, 세 걸음, 때로는 백 걸음 뒤로 물러나, 오히려 생활의 중심에 간병을 놓기 위해 일했던 내가 있었다. 나라에서 요양 지원 대상자로 선정되었더라도 온종일 제대로 된 간병을 받으려면 입이 떡 벌어질 정도의 비용이 필요했다. 마음을 정리하는 일이 때로는 등을 떠밀어주며 마음의 버팀목이 되어 준다.

물론 국방비만 증대하고 복지 예산을 깎는 정치에는 반대하고, 간병을 미담으로 삼는 풍조를 만들어 복지가 제대로 갖추어지지 않은 현실을 얼렁뚱땅 넘어가려는 세간의 작태에는 이의를 제기하고 싶다! 간병의 질이 그 사람의 통장 잔액으로 정해지는 현실은 순순히 받아들일 수 없다.

그러나 자녀 교육도 부모님 간병도 슬프고 잔혹하지만 넉넉하게 쓸 수 있는 형편이냐 아니냐에 따라 일정 부분(어디까지나 일정 부분)이 좌우되는 게 현실이다. 이 부분 역시 수수방관할 수 없는 사회적 문제다.

어머니를 보내고 난 후에도 내 주제는 간병 언저리에 머물렀고, 누구나 평등하고 충분하게 그 사람이 바라는 지원을 받을 수 있는 사회가 되기를 바랐다. 관련 취재도 시작했다. 그러다 2011년 3월 11일 동일본 대지진이 일어났고, 후쿠시마 제1 원자력 발전소 사고가 터졌다. 그리고 헌법 개정을 위한 급속한 정치적 흐름(2015년 9월에 안보 관련 법안이 민의를 무시하고 가결) 등이 어머니를 떠나보낸 직후에 생각했던 주제에 본격적으로 매달리지 못하게 만들었다.

그 당시 나는 마음 가는 대로 그때그때 내가 가장 매달리고 싶은 일에 집중하는 수밖에 없다고 생각했다. 사람에게 하루는 스물네 시간밖에 없고 간병도, 동일본 대지진 이후의 문제도 두 마리 토끼를 쫓기에는 벅찬 주제였으니까.

내가 번 돈으로 산다

잊을 수 없는 사람이 있다. 예전에 지인의 병문안을 다니느라 문지방이 닳도록 드나들던 종합병원에서 몇 번 말을 나눈 남자분이다. 그의 존재에 자극을 받아 소설을 쓰기도 했고 에세이를 쓰기도 했기에 중복되는 내용도 있겠지만, 다시 한 번 소개하고 싶다.

병원이라는 곳은 환자에게나 방문객에게나 터무니없이 대기시간이 긴 공간이다. 지인 병문안을 하려고 대기실이나, 화창한 봄날 등에는 병원 안뜰 벤치 등지에서 면회 시간이 시작되기를 기다리다 보면,

희한하게 그분만 계속 마주칠 때가 많아 어느새 가볍게 고개를 꾸벅하고 인사를 나누는 사이가 되었다. 가벼운 인사는 간단한 날씨 이야기나 뉴스 이야기로 바뀌었다.

당시 나는 30대 중반을 넘긴 무렵이었고, 그분은 아마 50대 중반 정도, 한창 일할 나이라는 말을 듣는 연배라고 짐작했다.

"그 꽃 이름이 뭔가요?"

병문안 선물로 내가 들고 온, 스프레이로 색을 입힌 장미꽃을 보고 무슨 꽃인지를 물었던 게 말을 트게 된 계기였다.

나는 수없이 많은 장미 중 무슨 종류인지를 물었다고 생각했는데, 그분은 내가 들고 있던 꽃이 장미인지 아닌지 자신이 없었던 모양이다.

"역시 장미였네요. 제가 꽃에는 자신이 없어서……."

장미라고 대답하자 멋쩍다는 듯 쓴웃음을 지었다.

"저는 꽃이랑은 인연이 없는 곳에서 살았거든요."

그분이 말문을 열었다. 업무 관계로 알게 된 사람에게 꽃다발이나 화환을 보낼 때 회사 단골 꽃집에 연락해서 '만 엔', '이만 엔', '삼만 엔' 식으로 가격으로 꽃을 부탁하는 상황밖에 떠올릴 수 없다고 했다.

꽃값은 그 꽃을 받는 사람의 직함에 따라 달라진다. 그분은 그런 풍토의 기업에서 일해 왔다. 희미한 의문을 품었던 젊은 시절이 있었지만 금세 익숙해졌다. '원래 그런 법이다'라고 생각했고, 차츰 생각조차 하지 않게 되었으며, 기계적으로 꽃을 주문했다. 그와 비례하며 식물도 그에게서 멀어져갔다.

"물끄러미 꽃 한 송이를 바라보거나, 나무 한 그루를 올려다보는 순간이 어느새 제 일상에서 사라지더군요."

어린 시절에는 어머니와 꽃 이야기를 했단다.

"튤립이나 민들레 같은 꽃 이름과 생김새를 어머니에게 배웠죠."

학창 시절 한때 등산 동아리에 가입했을 무렵에는 산에서 피는 꽃에 잠시 곁을 내주기도 했다. 그러다 취직을 하고 나서는 달라졌다.

"나무 이름도 꽃 이름도 머리에서 싹 사라졌습니다. 그런 나를 안쓰럽게 생각할 여유도 없었고, 순간적으로 그런 생각이 들더라도 어쭙잖은 감상이라며 아예 생각의 싹을 잘라버리곤 했습니다."

일, 오로지 일만 하며 살아왔다고 그분은 말했다.

꽃 따위 몰라도 사는 데 아무 지장이 없다고 생각했다며 그분은 씁쓸하게 웃었다. 그 말이 옳다. 꽃 따위 몰라도 사람은 살아갈 수 있다.

그렇게 그는 공장에서 배출하는 성분이 강으로 흘러가 인체에 해를 입힐 가능성이 있다는 사실을 알면서도 동남아시아의 어느 지역 강가에 커다란 공장을 줄줄이 세우는 프로젝트에 종사했다. 기업 중심 회사에서 "서식했습니다."(라고 그분이 말했다.) 그분에게는 회사에

뼈를 묻는 삶이야말로 의문의 여지가 없는 자신의 사명이었다.

"이런저런 것들을 버리고 살아왔다는 걸 문득 깨달았습니다."

그리고 이제 심각한 병에 걸렸다.

몇 번인가 수술을 거치며 그분은 나름의 깨달음을 얻었다.

내가 이렇게 차지하고 있는 자리는 어차피 다른 사람이 대신 채우게 마련이다. 내 사명이라고 믿었던 일도 매한가지다. 그러다 결론에 도달했다.

"내가 더는 회사에 필요하지 않은 존재라는 현실을 깨달았습니다."

"공장 주변에 사는 주민을 괴롭히는 짓도 지긋지긋합니다. 적어도 저는 하고 싶지 않아요."

몇 번인가 약간 긴 그의 인생 여정을 함께 하고 난 후 그분은 "회사에 사표를 낼 생각입니다"라며 결심을 이야기해 주었다. 그 결론에 이르기까지 수많은 갈등이 있었을 게 불 보듯 빤한 일이었지만, 그 이야기를 하는 그분은 후련한 표정을 짓고 있었다.

그날 그분은 병원에서 집으로 돌아가 건강했던 시절, 매일 출퇴근하느라 오가던 길을 걸어 사표를 제출했다.

"예상보다 훨씬 간단하게 사표가 수리되더군요."

그분이 분명히 "다시 한 번 나 자신이 되기 위해"라는 표현을 했다는 기억이 있다. 그분은 할 수 있다면 자신이 가담했던, 안전기준을 준

수하지 않은 공장 설치에 대해 고발하고 싶다는 말을 덧붙였다.

두 번째 생일

병에 걸리고 나서 그분은 그밖에도 이런저런 깨달음을 얻었다고
했다.

　입원 초기에는 맡았던 직책의 중요성을 보여주기라도 하듯 거래처
에서 큼직한 화환과 과일 바구니가 병실이 넘쳐 나도록 배달되어, 복
도에까지 줄지어 늘어서 있었다고 했다.

　"복도는 여러 사람이 함께 사용하는 공간이지만 입원실에 다 들
어가지 않아서 어쩔 수 없었죠. 그렇다고 보내준 화환을 마음대로 처
분할 수도 없고요. 보내준 분이 병문안을 왔을 때 자신이 보내준 꽃
이 치워진 걸 보고 기분이 상하기라도 하면 업무에 지장을 줄 수도 있
고……. 그래서 처분하지 못했죠. 절대로 보내주신 분의 정성을 생각
해서가 아니었어요. 예전에 제가 그랬듯 꽃값만 보고 골랐다는 걸 누
구보다 잘 알고 있었거든요."

　어느 시기를 넘기자 요란한 병문안 화환이 줄어들기 시작했다. 가
물에 콩 나듯 드문드문 들어오던 화환은 어느 날 뚝 끊어졌다.

"덕분에 입원실이 휑해졌죠. 뭐, 깔끔해져서 속이 후련했다고 할까요. 더는 복도를 화환으로 점령할 일도 없어졌고요."

대신 학창 시절 친구들이 '맛있어 보인다'며 들고 온, 텃밭에서 기른 토마토와 마당에서 키웠다는 꽃이 그 자리를 차지했다. 꽃집에서 주문한 화환 대신 거창한 리본과 장식이 없는 소박한 꽃다발이 들어왔다. 한창 바쁘게 일할 친구들이 소박하지만 마음 씀씀이가 느껴지는 선물을 들고 시간을 내어 병문안을 와주었다……. 그 어떤 호화로운 선물보다 기쁘고 마음에 와닿았다고 그분이 이야기해 주었다.

병에 걸리고 나서 그분은 부부상(夫婦相)에 대해서도 생각을 바꾸게 되었다. 예전에 그는 '자립' 따위 운운하는 여성을 못마땅하게 여겼다. 어쩌다 아내가 '일하러 나가고 싶다'는 말을 꺼내기라도 할라치면 애초에 싹을 잘랐다. 해외 부임지에서 중요한 임무를 맡은 자신을 내조해 달라며 반쯤 억지로 일을 그만두게 한 적도 있었다.

그때는 그게 당연하다고 생각했다. 이제 자신이 병에 걸리고 나서 앞날을 장담할 수 없는 지경이 되자 아내에게 자기 일이 있다면 얼마나 마음이 편할지, 생각이 바뀌게 되었다.

"여자의 자립이 얼마나 중요한지 이제야 깨달았습니다. 동시에 저도 회사에서 자립하지 못했다는 사실도 알게 되었죠."

혼잣말처럼 중얼거리듯 말했다.

"제가 아내의 인생을 작게 만들어버린 게 아닐까요."

후회로 가슴을 치는 밤이 있었다고 고백했다.

꽃 이름을 잊을 정도로 회사밖에 모르고 살던 사람이 입원실에 자기 돈을 들여 사 오는 친구들의 손에 들려 있었던, 조촐하지만 소중한 꽃을 통해 깨달았다.

"회사밖에 모르고 살던 시절 전의 저를 되찾은 듯한 기분이 듭니다."

아내의 경제적 자립과 회사로부터 그의 자립. 그 둘이 당면 과제라고 말했다.

그 후 내 지인은 퇴원했기에 이후 그분과 만날 일은 없었으나, 짧은 시간에 드문드문 털어놓았던 그의 이야기가 내 안에 잊을 수 없는 기억으로 남아 있다.

그의 이야기에서 일종의 영감을 얻어 「장미의 방식」이라는 단편소설을 쓴 적이 있다. 그분이 쓰게 해준 소설이다.

피라미드형에서 평지형으로

평소 생활에서 지금까지의 자신을 되돌아보는 질문은 좀처럼 할 기회가 없다. 그런 의미에서 정년은 '회사' 이외에도 확고하게 존재하는 자신을 되찾는 절호의 기회라고 할 수 있다. 그 점을 깨달은 사람부터 '전 ○○'라는 직함에 집착하지 않고 새로운 여권을 사용해 내일로 나아갈 수 있지 않을까. 그 여권이란 당연히 국가에서 발행해주는 여권이 아니라 내가 직접 마련하는 '자작' 여권이다.

과거의 직함이 지녔던 의미가 퇴색하는데도 계속 그 직함에 집착하면 앞으로 나아가지 못하고 뱅뱅 제자리걸음만 하게 된다. 그러나 정년퇴직한 사람이 새로운 자원봉사 활동이나 지역 활동에 참여할 때도 비슷한 현상이 발생하기 쉽다.

일상적인 활동을 하면서도 금세 누군가를 지배하고 싶어진다. 점수를 매기거나 명령을 내리거나 등급을 나누는 습성이 남아 있기 때문이다. 워낙 무의식적으로 이루어지는 일이라 그 습성을 버리려면 상당한 의식 개혁이 필요하다.

대부분의 회사는 수직 상하 방식으로 매사를 결정하는 피라미드형 조직이다. 그 피라미드 아래에서 몇십 년씩 버티다 보면 그 의식이 정년 후에도 자기도 모르게 그대로 남아 있는 사람이 있다. 또 정치가나 의사, 변호사, 교사처럼 서로 '선생님'이라고 부르는 세계에 길들어, 평생 '선생님'에서 빠져나오지 못하는 사람도 있다.

계급 의식을 가지고 살면 그 정점에 오르고 싶다는 욕망이 싹트는 게 어떤 의미에서는 자연스럽다. 이 얼마나 고달픈 삶인가! 그렇게 생각하면서도 욕망이 있는 사람이 이른바 '출세'한다는 말을 듣는다.

자원봉사를 비롯해 정년 후에 참여하는 사회적 활동은 계급제 아래에 존재하지 않고 기본은 '평지' 형태다. 평지형의 장점은 어떤 주제를 축으로 참여해 각자가 주제를 지키면서 스스로 책임지면 충분하다는 점이다. 그래서 보는 방향이 때로 다를지라도 서 있는 높이는 같은 게 기본이다.

'짊어지는 짐조차 평등'한 평지형 관계가 마음이 편하다는 걸 깨닫지 못하면 어떤 활동을 하든 충족감과 멀어진다.

책임질 수 있는 일만 한다

다만 평지형 관계에도 위험이 도사리고 있을 때가 있다. 자원봉사나 사회활동에서는 무언가 문제가 생겼을 때 누구도 책임지지 않고 '책임을 서로 떠넘기는' 경향이 있는 게 사실이다. 책임 소재를 운운하다 균열이 생기고 결국 해산하는 형식으로 사라지는 모임도 적지 않다.

'나 하나만 책임지면 충분하다'는 생각은 동시에 '내가 한 일에는 책임을 진다'는 각오이기도 하다. 이 두 가지가 적절하게 균형을 이루어야 비로소 기분 좋은 '평지형 활동'이 성립한다.

'책임을 진다'는 말을 곧 '무겁다', '버겁다'는 의미로 받아들이는 사람도 있으리라. 나만 해도 크레용 하우스 활동에 책임질 필요가 없다는 말을 듣는다면 정신적으로 얼마나 홀가분해질지 상상할 때가 있다. 현실에서 대부분의 책임은 대표인 내게 돌아오고, 그 책임이 무겁고 버겁다고 생각할 때도 있다. 도망치고 싶은 순간도 있다. 그러나 내가 책임질 수 있는 일은 책임지면 그만이라고 생각을 고쳐먹는 순간 얼마간 마음이 편해진다. 자신이 책임질 수 있는 범위 이상으로 사업을 확장하지 않는다는 마음가짐이다.

이 능력 안에는 체력(기력과도 겹치지만)도 당연히 포함된다.

이제 필요하지 않게 되었을까?

정년을 맞이하거나 자녀가 자라서 독립하고 나면 '필요 없는 사람이된 것 같다'는 크나큰 상실감에 시달리는 사람도 있다. 이른바 '빈 둥지 증후군'이다.

이런 사람에게는 "그렇게 다른 사람에게 필요한 사람이 되고 싶어요?"라고 묻고 싶다. 누군가에게 필요한 사람이라는 건 뿌듯한 느낌을 주지만, 사실은 무거운 짐으로 느껴질 때도 있지 않은가? 그리고 대개 타인이 나에게 손을 내밀 때는 달리 손을 내밀 사람이 없어서일 때가 아닌가? 일이나 인간관계나 마찬가지다. 더 가까운 곳에 비슷한 값어치를 지닌 대체할 수 있는 대상이 있다면 간단히 대체하면 그만이다.

특히 회사에 적을 두고 있던 시절과 비교하면 '나를 불러주는 곳이 없다'는 공허한 상실감에 시달리기 쉽다.

잘못된 생각이다. 회사나 누군가의 필요에 의해서가 아니라 살아가기 위해 '나에게 내가 필요한 순간'이 가장 확실한 나의 쓰임새이며, 필연이기도 하다.

자기만족이라고 할 수 있다. 그 말에 거부감이 느껴진다면 '자기긍정감'이라고 생각하거나, '자존감'이든 뭐든 마음에 드는 다른 말로 바꾸어 말해도 좋으리라. 내가 나를 위해 무엇을 할 수 있을까, 내가 타인이나 사회를 위해 무엇을 할 수 있을지를 생각하면 수긍할 수 있다.

물론 누군가에게 필요한 사람이라는 실감은 확실한 안정감을 주지만, '나'라는 사람 자체를 원하는지, 아니면 상대방에게 '편리'해서 손내미는 것인지를 한 번쯤 점검해볼 필요가 있다.

가령 여러분은 부탁하기 좋은 사람인가? 부탁하기 쉬워서 부탁하는 게 아닐까. 이렇게 말하는 나 역시 판단하기 모호한 친구 관계에서 실패한 경험이 적지 않다.

타인이 나를 절실하게 필요한 사람으로 여긴다는 사실에 매달리지 말고, 자신을 풍요롭게 하는 일을 해야 한다. 그 결과가 누군가를 기쁘게 해주고, 더불어 그 일이 나를 기쁘게 해주는 보답으로 돌아오기도 한다. 그렇게 생각하면 '나를 오라는 곳이 없다'는 공허감에서 해방될 수 있지 않을까. 당신은 당신 자신에게 필요한 사람이니까!

남은 욕망

여기까지 '일의 끝맺음'에 대해 썼다. 내가 가진 짐은 모두 내려놓고 싶다, 모든 욕망에서 해방되고 싶다고 소망한다. 마지막으로 남은 욕망은 '지금 내가 하는 일을 내 손으로 마무리하고 싶다'는 마음이다.

내 일은 이렇게 글을 쓰는 작가로서의 일과 크레용 하우스의 일이라는 두 가지 축을 중심으로 돌아간다.

글 쓰는 일은 나 혼자 하는 일이라 아무리 '아직 쓰고 싶은 글이 있다'고 생각해도, 내가 죽으면 그걸로 끝이다. 죽지 않더라도 다른 신체적 문제로 글을 쓰지 못하게 되는 순간도 있으리라. 그렇게 되면 어쩔 수 없다.

그러나 크레용 하우스 일은 다르다. 솔직히 고백하자면 나는 '다 같이 하는' 일이 적성에 맞지 않는 부류다. 크레용 하우스는 어떤 의미에선 그런 내 성향과 모순된 존재다. 크레용 하우스 같은 공간이 한두 군데밖에 없었기에, 그렇다면 내가 만들자는 지극히 단순한 이유로 40년 전에 크레용 하우스를 만들었다.

'없으면 내가 만들자'가 남성도 공유할 수 있는 '여성 서적' 전문점 미즈 크레용 하우스에, 아기와 어린이가 입에 넣어도 안전한 장난감도 갖추고 싶다, 동물 실험을 하지 않고 유기농 성분을 사용한 화장품과 관련 상품으로 구색을 갖추어 두고 싶다, 나아가 유기농 면과 속옷과 겉옷도 있었으면 좋겠다, 찻집 겸 레스토랑에서 쓸 식자재를 모두 유기농으로 장만하자, 겸사겸사 유기농 채소 등의 식재료를 들여놓은 식품 코너도…… 식으로 점점 범위가 넓어졌다.

현재 크레용 하우스에는 도쿄점과 오사카점에서 백 명 이상의 직원이 일하고 있다. 계약 생산자도 적지 않다. 크레용 하우스는 그분들에 대한 책임이 있다.

내 손으로 해보고 나서야 사장이라는 자리가 정말로 만만치 않은 일이라는 사실을 깨달았다. 천성이 '다 같이 하는' 일에 재주가 없는 유형이라 사장으로서 마땅히 해야 할 직무에 소홀했을 수도 있다. 직원에 대한 세심한 배려나 교육이라 부를 만한 일을 충분히 했다고 말하기는 어렵다. 오히려 내가 직원들에게 많이 배웠다.

본래 서점은 돈을 버는 사업이 아니다. 책 한 권을 팔면 이익은 이십 퍼센트. 크레용 하우스를 시작했던 1976년부터 2015년까지, 만 개 이상의 서점이 일본에서 사라졌다는 사실만 보아도 서점 사업이 얼마나 험난한 길인지를 알 수 있다. 예전에는 "저명인사를 사장으로 내세워 전문점을 열고 싶다"는 상담을 자주 받았다. 내가 실태를 이야기해주면 열이면 열, "그러면 안 하는 게 낫겠네요"라는 대답이 돌아왔다.

인생은 짐은 적을수록 좋다는 가치관에서 보자면 크레용 하우스라는 무거운 '짐'을 지고 산다는 사실 자체는 깊이 반성해야 할 부분이다. 무모하다고 해도 좋으리라. 그러나 크레용 하우스에는 4장에서 이야기할, 사회활동의 하나와 연계되는 공간이라는 의미도 담겨 있다.

예를 들어 크레용 하우스에서는 전문가를 강사로 초빙해 원전 반대 운동을 배우는 수업을 열고 있다. 그 수업에서 배운 내용을 중심으로 민간에서 자신의 목소리를 높이는 분들에게 공간을 빌려주는 역할도 하고 있다. 크레용 하우스에서 간행하는 두 권의 월간지도 미래에 대한 책임을 묻는 주제로 편집하고 있다.

크레용 하우스를 꾸려 나가며 '글쓰기'라는 자신의 세계에 틀어박히기 쉬운 사람이 되었다고 생각한다. 애초에 은둔하는 경향이 강했는데 크레용 하우스가 그런 경향을 부추긴 셈이다.

나는 책이라는 매체 자체를 무척 사랑한다. 그 사랑을 눈에 보이는 형태로 만들고 싶은 게 당연하다. 부족하지만 '해야 하는 일'이다. 그렇게 생각하며 해야 할 일을 하나하나 해 나가는 동안 그때까지 없었던 자신을 내면에서 발견할 수 있었다고 믿는다. 같은 가치관을 가진 사람들끼리 모이기 쉬운 인간관계에 '사업'이라는, 나에게 정말로 약한 분야를 접목한 일이 바로 크레용 하우스다.

무엇보다 내가 사랑하는 책을 우리 서점에서 준비하고 고객에게 건넬 수 있다는 보람. 다른 서점에서는 발견하지 못했던 책을 선 채로 읽지 않고 '앉아서 읽을 수 있는' 공간을 제공하고 싶었다. 또한 동일본 대지진 이후 재개한 원자력 발전에 관한 스터디 모임과 안보 법안에 관한 스터디 모임 등 크레용 하우스는 나에게 필요한 '짐'이었다고 이제야 인식하고 있다.

다음 세대에 넘겨준다

무거운 '짐'인 동시에 크레용 하우스는 나에게 크나큰 기쁨을 선사한다.

예전에 어린 소년이었던 손님이 지금은 아버지가 되어 자기 아이를 데리고 찾아준다. 그런 광경을 접하는 순간의 기쁨은 '어린이 서적 전문점'이기에 맛볼 수 있는 소중한 감정이다.

그리고 크레용 하우스는 지금 유기농 생산자를 비롯해 유기농 상품 생산을 희망하거나 뜻을 품은 분들의 마음을 모아 하나의 '꼴'로 다듬어 '표현'하는 구체적인 공간으로 기능하고 있다. 정말로 기쁜 일이고 꾸준히 지속하고 싶은 일이다. 그러나 그 일을 실현하는 사람은 비단 내가 아니라도 상관없다. 만약 하고 싶은 분이 나타난다면 그분에게 맡기고 싶다고 생각하면서 일하고 있다.

사실은 10년 전에 다음 세대에 크레용 하우스를 넘겨주었어야 했다. 여전히 크레용 하우스를 붙들고 있는 건 아직 힘든 일이 많아 이 짐을 그대로 넘겨줄 수 없고, 아직 내가 지고 가는 게 낫다고 생각하기 때문이다.

'아직 내가 지고 가는 게 낫다'고 생각하는 이유 중 하나로 원전 반대 운동을 비롯한 내 외부 활동에 크레용 하우스와 겹치는 부분이 있기 때문이다.

가령 동일본 대지진 후인 2015년 5월부터 '원자력 발전과 에너지를 공부하는 아침 교실'을 월 1회 간격으로 개최하고 있다. 정확하게는 체르노빌 원자력 발전소 사고 이후, 시민 과학자인 故 다카기 진자부로 씨를 강사로 모셔와 시작한 스터디 모임이었다. 그 모임을 동일본 대지진 이후 다시 시작했다. '어린이 책 학교'도, 그 밖의 행사와 출판 관련 업무도, 여기서 끝낼 수 없는 일이다.

'NO NUKES(탈원전을 주제로 한 일본의 록 페스티벌_옮긴이)', '개헌 반대', 'LOVE & PEACE' 등의 팝업 광고와 전단지는 크레용 하우스 여기저기에 걸려 있는 메시지다.

자본주의 사회에서 기업이라는 경제 활동을 하며 원자력 발전을 비롯해 자본주의 그 자체가 지닌 어둠을 향해 미약하나 화살을 당긴다. 반대 활동을 펼친다……. 그 균형을 잡는 게 상당히 까다로운 일이다. '기업'으로서의 이익을 추구하면서 그 모든 사회적 활동과 양립시킨다고는 할 수 없다. 오히려 이율배반적이다.

직원들을 반강제로 반원전 운동과 안보 법안 반대 운동, TPP 반대 운동(Trans-Pacific Strategic Economic Partnership 환태평양 경제동반자 협정. 저자는 경제 양극화와 환경 파괴 우려 등의 각종 사회 문제를 유발할 수 있는 아베 정권의 신자유주의 경제 노선에 반대하는 입장에서 TPP 반대 운동에 힘을 보태고 있다_옮긴이) 등의 '의식'에 끌어들이지는 않았는가. 그런 일이 크레용 하우스에 어떤 의미가 있을까. 고객 중에는 이런 메시지를 불편하게 느끼는 분도 틀림없이 있으리라. 어디서 어떻게 선을 그어야 할지……. 아직도 대답을 찾지 못했다. 적어도 나 자신의 각오 비슷한 부분은 정해졌지만, 그 각오를 물려받아 더욱 발전시켜 줄 사람이 과연 있기는 할까. 그래서 아직도 다음 세대에 넘겨주지 못하고 크레용 하우스를 끌어안고 있다.

40년 전, 열 평 남짓한 작은 공간에서 일곱 명의 직원과 시작한 크레용 하우스였다. 직원들과 '힘들었지만 그래도 함께 해서 좋았다'는 감정을 공유할 수 있기를 바란다. 그 바람을 이루기 위해서라도 어떻게 하면 조속히 바람직한 형태로 세대교체를 이룰 수 있을지…… . 그 순간에는 내가 그동안 지고 살던 짐을 적어도 절반의 무게로 만들어 넘겨주고 싶다. 그게 내가 현재(아니, 상당히 오래전부터) 가지고 있는, 일에 대한 마지막 '집착'인 셈이다.

혼자가 되면 하고 싶은 일

무사히 크레용 하우스라는 '짐'을 건네주면 하고 싶은 일과 이루고 싶은 꿈은 수없이 많다.

예컨대 어딘가 풍요로운 자연이 펼쳐진 곳으로 삶의 터전을 옮겨, 유기견을 입양하고 텃밭을 가꾸며 살고 싶다. 미국 캘리포니아에서 활동하는 유기농업의 선구자 격인 앨리스 워터스처럼 사회에서 가장

빛이 닿기 힘든 곳으로 내몰려 낙오자가 될 위기에 내몰린 젊은이들과 유기농 농산물을 생산하는 밭을 일구며, 자신들이 키운 생산물로 수입을 얻고 요리를 만들어 그들의 성장을 뒷받침하는 일을 하고 싶다는 꿈도 있다. 또 절판되어 인터넷에서도 좀처럼 찾아보기 힘든 사랑하는 책들을 복간하는 일도 꼭 하고 싶다. 이미 기업 중에 비슷한 일을 하는 조직이 있고, 그분들께 존경을 표하지만, 그래도 내가 사랑하는 책을 내 손으로 복간하고 싶다.

그 모든 일을 하기에는 내게 남겨진 시간이 턱없이 부족하다. 무언가를 택해야 한다. 하고 싶은 일을 생각했다손 치더라도 이미 다른 누군가가 행동을 개시했다면 그 사람을 응원하는 게 낫다. 아무도 하지 않는 일이 있다면 내가 한다……

크레용 하우스를 시작했을 때도 마찬가지로 '정말로 있었으면 좋겠는데 아무 데도 없네. 그럼 내가 만들자'라는 게 내 철칙이었다. 지금도 그 생각에는 변함이 없어 마지막까지 이 철칙(사실 철칙이라는 이름을 붙일 정도로 대단한 마음가짐도 아니지만)에 따라 나는 내가 하고 싶은 일을 선택하겠다고 다짐한다. 그게 다른 의미에서 '끝맺음'을 하는 방법이라고 믿고 있기에.

무엇을 하면 즐거운가

한편으로는 나이를 먹었다고 해서 하나만 선택해야 한다는 생각도 편견일 수 있다는 생각을 해본다. 할 수 있는 일은 하고 싶다. 과감하게 한발 내디뎌 보면 의외로 병행해서 할 수 있는 일도 있을 터이다.

'하나밖에 선택할 수 없다'는 생각 안에는 '이것저것 해봤자 어차피 성공하지 못한다', '기왕 할 거라면 잘 되는 게 낫다'는 자기 보호 본능이 작용하고 있기 때문이라는 생각도 든다.

한 번쯤 '지금까지의 인생에서 잘 하려고 했는데 잘 풀리지 않았던 일이 있었는가?'를 자신에게 물어보자. 그렇게 생각하고 실행했던 일 중에서 '잘 풀린 일'은 몇 가지나 있었는가. 적어도 나는 그렇게 많지 않다. 즐거움의 씨앗은 고생이라는 곁가지를 무성하게 만들기도 한다.

'무엇을 하고 싶은가?', '무엇을 하는 동안 즐거운가?'는 보류해 두고, '이 일은 성공할 수 있을까?'를 기준으로 어떤 일을 선택하는 방식은 재미없다. 아무래도 나는 '잘 풀리지 않을 수도 있겠지만, 이 일을 하고 싶으니까 선택한다'는 쪽으로 마음이 기운다.

사람들에게 자주 '좋아하는 일을 하고 살아서 부럽다'는 말을 듣곤 한다. 좋아하는 일이라도 '잘 풀리지 않을 때'가 많다. 그러나 남들이

보기에는 '생고생'을 사서 하는 것처럼 보이더라도 내가 좋아서 하는 일을 '고생'이라고 생각하지 않고, 힘들어 죽겠다고 호들갑을 떠는 것도 부끄럽다.

'고생이라고는 모르고 살았는데 하다 보니 성공했다'는 얼굴을 보여주고 싶다. 그게 내 작은 허세다.

새로운 도전

수없이 많은 꿈 중에서 이미 진행 중인 꿈도 있다. 그중 하나가 일정 연령대 이상을 대상으로 한 '성인용 유기농 면 의류'를 디자인해서 제품으로 만드는 일이다. 역시 어딘가에서 일과 겹친다는 사실을 문득 깨닫고 나도 모르게 쓴웃음을 짓게 된다.

성인용 유기농 면 의류는 '젊다'는 말을 듣고 살던 시절과는 훌쩍 멀어진 내가 입고 싶은 옷을 좀처럼 만나지 못한다는 생각이 출발점이 되었다.

예순 살 이상의 인구가 이렇게 많은 시대에 고령자를 위한 음악이 복고풍 멜로디(옛날 음악은 싫지 않다. 60년대 팝송 등은 눈물이 나올 정도로 그립다) 일색이 되어버린 것과 마찬가지로 고령자를 위한 패션이라고 하면 묘하게 수수하거나 묘하게 하늘하늘한, 양극단을 오가는 스타일이 적지 않다. 그런 스타일이 좀처럼 성에 차지 않는 '일정 연령대' 이상의 사람이 많은데도 그런 요구에 부응하지 않는 패션 업계의 행태와 문화에 나는 소소하게나마 이의를 제기하고 싶다. 애초에 나라는 존재의 태반은 '이의 있습니다!'로 이루어졌으니 말이다.

누구나 고급 브랜드 옷을 척척 사 입을 수는 없는 노릇이다. 틀에 박힌 스타일은 어색하게 느껴지는 사람도 있을 수 있다. 합리적이고 편하게 빨아 입을 수 있고 입었을 때 자의식 과잉으로 보이지 않는 스타일, 자신의 미의식에 만족할 수 있는 평상복이 필요하다. 그 평상복에 간단한 스카프나 액세서리를 추가해 외출복으로도 손색이 없는 옷을 가지고 싶다.

말은 복잡해도 기본은 딱 심플한 스타일이다. 가능하다면 체형을 따지지 않고 두루두루 입을 수 있는 옷이 좋다. 나름대로 열심히 찾아봤지만 딱 이거다, 싶은 옷을 찾지 못했다. 물론 입었을 때 편해야 하고 피부에 닿는 감촉도 중요하다. 유기농 면을 생산하는 사람들이 꾸준히 자신들의 일에 종사해 경제적으로 안정될 수 있는 기본 원칙에 충실한 옷이라면 더할 나위 없다.

'어른'에게 꼭 전하고 싶은 메시지

그런 연유에서 군더더기 없이 단순하면서 기분 좋게 입을 수 있고, 간편하게 세탁할 수 있는 옷을 만들고 싶다는 바람을 줄곧 품고 살아왔다.

예를 들어 옷깃 중에서는 일반적인 크루 넥(crew neck, 옷깃 없이 목덜미만 둥글게 파놓은 디자인_옮긴이)을 선호한다. 대상을 일정 연령대 이상이라고 잡아도 단순함을 추구하다 보면 어느 연령대에나 잘 어울리는 옷이 나온다.

또 남녀 구분 없이 입을 수 있는 디자인도 될 수 있다. 여성복 디자인은 아무래도 허리를 잘록하게 강조하거나 가슴선을 강조하는 경향이 있다. 그런 곡선을 어떻게 없애느냐가 내가 생각하는 '성인을 위한 의류'의 주제다.

의류 디자인은 몇 밀리미터로 인상이 완전히 달라진다. 세련되고 촌스럽고는 별개로 치고, 입기 편하고 활동성이 좋고 통기성이 좋은가, 여행 가방에 넣어가면 어느 정도로 구겨질까(리넨 특유의 구김은 멋스러워서 좋아한다) 등 세세한 부분까지 내 손으로 디자인하고 스케치북에 그린다.

그리고 나서야 유기농 면 생산지를 찾는다. 마치 희귀한 꽃의 씨앗이나 알뿌리를 찾는 작업과 닮았다. 크레용 하우스는 이미 그런 제품을 생산하는 기업과 거래하고 있다. 그곳에 시작품 제조를 의뢰했다.

내가 생각하는 단순한 디자인은 바탕에 무늬가 들어가지 않은 검정이나 흰색 소재가 기본이다. 그런데 유기농 면은 새하얗지 않고 살짝 노르스름한 빛깔에 가깝다. 말하자면 어중간한 색이다. 그 색을 화학약품으로 하얗게 표백하는 건 아깝고, 표백제로 섬유가 상하는 것도 내키지 않는다. 그렇다면 어떻게 흰색에 가깝게 만들까. 그걸 지금 연구 중이다.

게다가 흰색은 아무래도 때가 타기 쉬워 꺼리는 사람도 많다. 칠칠치 못한 나도 흰옷을 개시하자마자 커피를 엎지르거나 토마토소스를 묻히곤 한다. 화장실로 달려가 열심히 지우려 애써보지만 아무리 박박 문질러도 얼룩이 없어지지 않아 속상했던 경험을 진저리가 날 정도로 되풀이했다. 그래도 좋아하는 옷이라 차마 포기하지 못하고 앞뒤를 바꾸어 입거나 뒤집어 입기도 했는데, 유기농 면 소재 흰색 계열 옷은 만약 더럽혀지거나 얼룩이 생겨도 유기농 식물성 염료로 다시 염색할 수 있다. 이런 식으로 오래도록 아껴 입을 수 있는 옷을 만들고 싶다. 다행히 원단을 생산하는 회사가 식물 염료 염색도 맡아 주었다.

마음에 드는 물건을 소중히 오래 아껴 쓰자는 메시지도 이들 옷을 통해 전하고 싶다. 소비의 시대는 그만 졸업하자.

철철이 옷을 사들였던 우리네 연배는 필요한 옷과 소품은 얼추 갖추고 있다. 마음에 드는 물건을 소중하게 오래 사용한다는 생활방식을 몸에 익히는 게 '어른'의 선택이라고 나는 믿는다.

모든 것은 이어진다

'우리네 연배'라고 뭉뚱그려 말했지만, 반드시 나이 든 사람만 입어야 하는 옷은 아니다. 굳이 이것저것 구색을 다양하게 갖출 필요도 없다. 가짓수를 단출하게 줄여 스웨터에 바지, 셔츠와 블라우스에 롱스커트, 거기에 식물 염료로 염색한 몇 가지 색의 스카프를 갖추면 충분하다.

그리고 '이 프로젝트로 세상에 유기농 면을 더 알리고 싶다'는 바람이 있다. 유기농 면이 피부에 닿을 때 얼마나 기분 좋은지, 농약과 화학비료를 사용하지 않는 농법이 어떻게 환경을 살리는지, 또 알레르기 체질의 사람도 마음 놓고 입을 수 있는 옷이라는 사실을 널리 알리는 계기를 마련하고 싶다. 그런 바람을 가슴에 품고 있다.

먹을거리에만 신경 쓰지 말고 몸에 걸치는 옷에도 신경을 쓰자. 유기농 면 속옷(나도 애용한다)은 이미 시중에 괜찮은 제품이 나와 있지만, 겉옷은 아직 패션계에서는 비주류에 속한다. '어른의 입성'에서 그 부분을 바꾸고 싶다.

문제는 원단, 즉 소재 가격이다. 유기농 면은 비싸다는 선입견이 있다. 솔직히 유기농 면으로 만든 의류는 현재 양산형 의류보다 값이 비싸다. 그러나 어떻게든 합리적인 선에서 가격을 유지하겠다는 목표를 세웠다. 다만 생산자에게 부담을 지우는 방식으로 가격을 낮추고 싶지는 않기에 공정무역 방식을 고집하고 있다.

일본에서도 유기농 면을 만들고 있다. 해외에서는 주로 개발도상국들이 주요 생산국이다. 유기농 면 의류를 애용해 아주 조금이나마 그 나라 사람들의 생활에 보탬이 되기를 바라는 마음도 있다.

저개발 국가들의 경작지에는 오랜 기간 분쟁의 영향으로 지뢰가 묻혀 있는 지역도 드물지 않다. 그래서 유기농 목화를 키우는 밭을 개간하려면 지뢰부터 제거해야 한다. 옷 한 벌이 몇 개의 지뢰를 없앤다. 또 분쟁이나 지뢰와 무관하게 사는 사람들이 지뢰의 존재를 깨달아 전쟁이 없는 사회로 나아가는 행동으로 이어질 수 있다면 이보다 더 큰 보람이 없으리라.

물론 요즘 유행하는 패스트 패션을 부정할 생각은 없다. 젊은이들이 패스트 패션 전문점을 선택하는 건 당연하다. 조합해서 입는 방식에 따라 개성 있는 옷차림을 연출할 수 있기에 고령자도 패스트 패션 전문점을 즐길 수 있다.

다만 내가 먹는 음식이 맛있고 안전할 뿐 아니라 그 음식을 만드는 생산자의 생활에도 이바지할 수 있고, 환경에도 긍정적인 영향을 미칠 수 있다면, 나는 그 길을 선택한다. 마찬가지로 내가 입는 옷이 사회를 올바른 방향으로 나아가도록 미약하게나마 뒷받침할 수 있다면 나는 그쪽에 힘을 보탤 수 있는 옷을 걸치고 싶다.

그런 의미에서 여태까지 하던 일과 사고방식은 달라지지 않았다. 나에게 '유기농 면으로 만든 옷'은 새롭게 늘리는 '짐'이 아니라고 단언할 자신은 없으나, 짐으로 남기지 않고 싶다는 마음만은 강하다.

이 프로젝트를 성공시켜 언젠가 오키나와 미군 기지를 유기농 농산물·목축 생산의 장으로, 그리고 유기농 목화밭으로 바꾸어 나갈 수 있다면……

꿈 같은 이야기로 끝날까. 그 꿈이야말로 내가 놓아버릴 수 없는 몇 안 되는 욕망이며, 굳이 내려놓지 않는 '집착'이다.

3장

인간관계의 끝맺음

_혈연이 전부인가?
'가족'이라 부르는 인간관계에서,
'가정'이라 부르는 공간에서
상처받고 있는 사람은 없는가?
친구 관계에서도 마찬가지.

친구 관계 · 디톡스

단언컨대 '끝맺음' 중에서 인간관계 정리가 제일 어렵다.

가족이나 친척, 지인, 업무상 알고 지내는 관계, 동네 사람들 등등 좋고 싫음을 떠나 많든 적든 누구에게나 복잡한 인간관계가 있다. 살아가는 동안 인간관계라는 이름의 그물코는 더욱 촘촘해진다. 자꾸자꾸 복잡하게 가지를 펼쳐 나가고 뿌리를 뻗어 나간다.

그 관계가 마음 편하다면 가지와 뿌리가 얼마나 넓어진들 하등 문제가 되지 않는다. 넓게 뻗어 나간 가지와 이파리가 쾌적한 그늘을 드리울 수도 있다.

칠레의 가수 비올레타 파라는 '인생이여 고마워요'라는 노래 가사를 남기기도 했다.

인생이여 고마워요

이렇게 많은 것을 주어서

_⟨Gracias A La Vida⟩ 중

그러나 인생이 주었거나 혹은 내가 손을 내밀어 잡은 인간관계 중에는 세월이 흐름에 따라 유지 자체가 고통이 되는 관계도 있다.

물론 부부나, 부모와 자식 관계도 인간관계의 하나다. 함께 있는 것 자체가 고통이 되는 부부라면 이혼이라는 선택을 염두에 두어야 한다. 천륜이라는 부모와 자식 관계도 끊을 수 있다. 오히려 친구 관계가 성가시다. 이 경우 원인이 어느 쪽에 있는지와는 관계가 없다.

친구는 부부나 부모 자식처럼 법적으로 근거리가 아니기에 어느 시점에서 상대방에게 불만을 품으면서도 '뭐, 어쩔 수 없지'라며 내가 조금 참자며 자신을 타이른다. 가랑비에 옷 젖는 줄 모른다지만 그 '조금'을 시나브로 참을 수 없게 됨을 어느 순간 깨닫는다. 그리고 어쩌다 심리적으로 거리를 둘 수 없는 관계를 질질 끌고 왔음을 알게 된다.

나도 친구와의 관계에 '이건 좀 아닌데'라는 이물감을 느낀 채 30년 가까운 세월을 그대로 보냈던 경험이 있다.

인간관계를 잘라내는 행위에는 엄청난 에너지가 필요하고, 오래 알고 지낸 관계일수록 서로 쌓아온 그간의 역사가 걸림돌이 될 공산이 크다. 관계를 끊어냄으로써 상대방이 상처를 받지 않을까 등, 이런저런 걱정이 앞서 고민하는 과정 자체가 사람을 정신적으로 녹초가 되게 만들 때도 있다.

그래서 '에라, 모르겠다'며 자신 안에 똬리를 튼 이물감에 뚜껑을 덮고 봉인하기 일쑤다. 여러분에게는 비슷한 경험이 없는가?

상대방에게 상처를 받았을 때도 '이건 좀 아니지 않아?'라는 자신의 감정을 확실하게 전달하기를 꺼린다. 나에게도 그런 경험이 있었다. 대충 이렇게 생각했기 때문이다.

'남성 중심 사회에서 자신을 억누르며 살아오느라 이런 사람이 되어버리지 않았을까.'

'그러니까 내가 받아들여야지.'

그렇게 생각했다. 페미니즘에서 비롯된 대응이다. 그러나 그 사람이 그렇게 되어버린 모종의 사회적 배경이 있다고 치더라도, 그것이 개인과 개인의 관계에까지 그림자를 드리운다면 다른 문제로 보아야 한다.

내 쪽에서 멋대로 이유를 붙여 수긍하고, 그러다 또 같은 일이 반복되어 상처를 받고……. 도돌이표처럼 같은 일이 반복된다. 그러다 어느 날 문득 '더는 못 참겠다'는 순간이 찾아온다. 그 사람을 이해하고 받아들였던 것처럼 행동했던 나에게 문제가 있음을 깨닫는다.

'뭔가 이상하다'고 느낀 감정을 그대로 두지 말고, 잠시 멈추어 서야 한다. 그 사람에게 느꼈던 최초의 작은 거부감은 5년 정도 지나면

'더는 못 참겠다'는 지경에 다다르고, 심각한 거부감으로 발전하고 만다. 만약 '불쾌감'을 느꼈다면 최대한 빨리 상대방에게 전해야 한다. 그 말을 하기 위해선 에너지가 필요하지만 입을 다물고 속으로 삭이느라 끙끙대는 에너지보다는 적게 든다.

인정하자, 나도 그 한 마디를 게을리했던 날들이 있다.

'내가 좀 참으면 그만'이라는 생각에서 해방

말하지 않아도 서로 눈치껏 배려하기를 미덕으로 여기는 사회에서 사노라면 말로 감정을 전달하는 습관이 몸에 배지 않아 묵은 관계를 정리하지 못하고 질질 끌고 갈 때도 있다.

그러나 일반적인 친구 관계에서 '말하지 않아도 알겠지'라는 건 어리광이며 일종의 의존이 아닐까?

각자 좋을 대로 해석하다가 어느 날 갑자기 '이건 아니야', '나는 그럴 생각이 아니었어', '나는 그런 의미로 한 말이 아니야'라며 자기주장을 퍼붓는다. 그러나 어딘가에 눈을 돌리고 내버려 둔 책임은 자신에게 있다.

잘라내려면 용기가 필요하다. 그래도 '이대로는 너와 관계를 유지할 수 없다'고 말로 딱 부러지게 전해야 한다.

내가 위화감을 느끼면서도 오랜 인간관계에 종지부를 찍지 못한 건 '참지 못하는 사람'이 될까 두려웠기 때문이다. 결국에는 내가 상처받아(자신의 말로 상처받기도 한다) 자신을 구원했을 따름이다.

그런 내가 드디어 인간관계의 끝맺음을 할 '결심'을 하게 되었다. 인생의 마지막 장에 접어드는 시기에까지 더는 참으며 살고 싶지 않았기 때문이다. 계속 참기만 하는 건 고통스럽다고 생각했다. 동시에 상대방이 자기 자신을 바꿀 가능성을 내가 앗아갔던 건 아닐까, 분명 그랬다는 자책도 한몫 거들었다.

모두에게 '좋은 사람'일 필요는 없다

인간관계를 정리하면 상대방은 물론 주위 사람이 '차가운 사람'이라는 꼬리표를 달아줄 때가 있다. 그러나 그 꼬리표가 두려워서 아무것도 하지 않으면 '참고 사는 자신'을 평생 바꿀 수 없거니와, 상대방이 앞으로 달라질 가능성마저 박탈하게 된다. 그래도 괜찮다면 상관없겠지만, 아무래도 찜찜하다면 내가 바뀌는 수밖에 없다. 문제는 상대방 쪽에 있는 것처럼 보여도 사실 내 쪽에 있다.

'남들이 나를 어떻게 생각하든 상관없다'고 말하는 사람이라도 마음 깊은 곳에서는 '나를 이러이러한 사람으로 생각하는 건 싫다'는 감정이 아마 있을 터이다. 그러다 가까스로 깨달았다. 모든 사람에게 '좋은 사람'이 아니라도 상관없다. 내가 '좋은 사람'이고 싶은 관계는 내가 존경하고 공감하는 사람과의 관계다.

존경이 사라지고 공감이 멀어지며 표면상의 친밀함만을 유지하게 된 건 내 책임이다. 모든 방향, 모든 날씨에 적응하지 않아도 상관없다.

내가 언제나 누구에게나 '좋은 사람'이 아니라는 사실은 누구보다 나 자신이 잘 알고 있다. 적어도 내가 진심으로 존경하는 사람의 마음만은 저버리고 싶지 않다. 그 정도면 충분하다. 그 마음은 오히려 나이와 더불어 강해져 간다고 생각한다.

관계에 숨 막히는 답답함을 느끼게 되었을 때

'모든 방향을 두루 살필 필요는 없다'고 말하면서도 때로 정에 흔들려 본질을 보지 못하고 실패하는 일이 적지 않다. '이렇게 하면 나중에 호된 대가를 치르겠지'라는 걸 알면서도 반사적으로 행동하고, 예상대로 내 손으로 판 내 무덤을 빠져나오느라 고생했던 적도 있다. 그러나 이 나이쯤 되면 경험에서 배운 깨달음도 있어 그런 실수에 대처하는 방법도 약간은 익혀 두게 된다. 방법을 터득했다기보다 숨이 턱 막히게 하는 유형의 사람에게는 아예 다가가지 않고 의식적으로 거리를 두려고 노력한다.

나는 동성과의 관계에서 특히 이런 인간관계의 덫에 쉽게 걸려들었다. 페미니즘의 함정이라고 해도 좋고, 페미니즘의 진의를 내가 내 멋대로 해석했기 때문일 수도 있다.

꽤 오랫동안 '왜 저럴까?'라고 신기하게 생각하던 동성 친구가 있었다. 그녀는 내 하루를 미주알고주알 파악하지 못하면 직성이 풀리지 않았다. 언제 어디서 무엇 때문에 누구를 만나는지, 그리고 어떤 인상을 받았는지를 알아야 직성이 풀리는 친구였다. 일상적인 대화에서조차 일종의 '보고'를 기다리고 있음을 알게 된 건 상당히 오래전이었다. 그녀는 그 오지랖을 친밀함이라고 생각했고, 어느 순간부터 나는 그 관심을 구속으로 여기게 되었다. 제삼자가 보기에 그녀는 소심하고 소극적인 유형으로, 내가 거리를 두는 게 그녀를 슬프게 만들고 벼랑 끝으로 내모는 것처럼 생각되었을 것이다. 그래도 그렇게라도 하지 않으면 숨이 막혀 살 수 없겠다는 생각이 나날이 강해졌다.

그녀의 간섭은 갈수록 더 심해졌고 나는 질식할 것 같았다. 약간 거리를 두었다. 한동안 그 거리가 유지되었다. 그러다 어느새 같은 곳을

빙글빙글 도는 '우리' 모습을 발견했다.

과거형으로 적어서 눈치 빠른 독자는 알아차렸겠지만, 그녀와의 관계를 끝내기로 했다. 무척 괴로웠지만 한편으로는 잘했다고, 더 빨리 그녀에게 전할 걸 그랬다는 생각이 들기도 했다.

이상적인 가족 따윈 없다

인간관계 중에서도 직장 내 관계는 비교적 정리하기 쉽다. 사표를 내면 끝낼 수 있다. 그런데 가족은 '오늘부로 해산!'이라고 외친다고 끝낼 수 있는 관계가 아니다. 그래서 가족관계로 고민하는 사람이 많다.

우리 사회는 '가족은 좋은 것이다', '기댈 건 피붙이뿐' 등 '가족 만능주의'를 부르짖는다. 이 사회에는 가족 중심주의라는 안티테제가 오랫동안 필요했다.

무슨 일에나 정답은 한 가지가 아니라고 생각한다. 가족 그 자체가 '병'인 관계도 있고, 그렇지 않은 관계도 있다. 그게 전부다. 가족이 구속이라는 굴레를 씌워 부정적인 작용을 할 때도 있지만, 버팀목이 되어주거나 안식처가 되어줄 때도 있다. 다만 가족의 역할은 비단 혈연이 아니라도 상관없다는 점을 알아두어야 한다. 피붙이기에 성가실 때도 있다. 어느 가족에게나 빛과 어둠이 있고, 환한 빛으로 충만한 것처럼 보이는 가족에게도 어둠은 있다.

대개 가족은 크나큰 사랑으로 가득한 관계라고 생각하는 경향이 있다. 사랑이 진하면 진할수록 무언가 계기가 생기면 그 사랑이 속박으로, 때로는 슬픈 증오로 변질될 수 있다. 또는 일방적인 사랑을 보답받지 못해 평생 속앓이를 하는 사람도 있다. 받아야 할 사랑을 받지 못했다, 주어야 할 사랑을 주지 못했다는 고뇌를 오랫동안 끌어안고 사는 사람도 있다.

'가족은 좋은 것이다'라는 면에만 사로잡혀 있으면 그 틀에서 벗어나는 순간 괴로워진다.

완벽한 가족 따위는 존재하지 않는다. 가족 역시 다른 인간관계와 마찬가지로 하나의 인간관계에 불과하다. 빛이 있으면 당연히 짙은 그림자가 있다고 인정하는 지점에서부터 다시 시작하고 싶다.

'결연한 가족'이라는 형태

일본 사회는 옛날부터 핏줄에 의존하는 부분이 컸다. 하지만 앞으로는 비혼 고령자가 나날이 늘어날 것이다. 자식도 없고, 부모님도 돌아가시고, 배우자도 없고, 형제자매도 없게 되면 혈연으로 이루어진 가족에는 기댈 수 없다. 혈연 중심의 문화가 뿌리 깊게 남아 있는 사회에서 이 문제를 어떻게 풀어가야 할지, 해결의 실마리는 아직 보이지 않는다. 그리고 간병 문제가 남아 있다.

친구라는 울타리가 있으면 "친구 좋다는 게 뭐야. 내가 돌봐 줄게"라고 나서는 사람에게 간병을 부탁할 수도 있다. 그러나 그 정도로 돈독한 친구가 있는 사람은 운 좋은 소수에 속한다.

친구라도 해도 끈끈한 관계일수록 문제가 불거질 소지가 있다. 게다가 친구를 만드는 재주가 부족한 사람은 어떻게 해야 좋을까. 앞으로는 혈연이 아니라 무언가 다른 형태의 느슨한, 서로 버팀목이 되어 줄 수 있는 관계를 만들어 나가는 게 급선무라고 생각한다. 물론 실패도 있고 성공도 있으리라.

20여 년 전에 쓴 『우연한 가족』이라는 소설에서 나이도 처지도 다른 사람들이 느슨한 '개인'으로 이어지는 과정을 그린 적이 있다. 나는 그런 관계를 '혈연 가족'과 대비되는 개념으로 '결연 가족'이라 부른다. 쉽지 않더라도 결연을 만들고 깊이 있는 관계로 다져야 한다. 이것저것 잡다하게 늘리지 말고 결연 네트워크를 따뜻하게 채우고 키우고 때로는 버리고 다시 선택하는 과정을 거치는 게 중요하다고 믿는다.

가족이 있건 없건 내 인생을 살 수 있는 사람은 나밖에 없다. 혼자 사는 인생일수록 누군가의 존재, 말하자면 핏줄이 아닌 인연으로 이어진 결연 가족이 필요한 법이다. 서로 이해하고 소통하며(서로의 동의를 거친 후에) 버팀목이 되어주고 공감해 주고 싶다.

그 책을 하나의 계기로 삼아 예전 직장 동료 몇 명과 낡은 집을 사서 정년퇴직 후에 '결연 가족'으로 재출발한다는 분에게 기나긴 편지를 받은 적이 있다.

"없어서 저희가 만들었습니다."

편지에 그렇게 적혀 있었다. 간호사 그룹으로 둘은 비혼으로 정년퇴직을 맞이했고, 나머지 둘은 이혼을 경험했고 정년퇴직을 앞두고 있었다.

"각자 딸린 자식이 없었던 게 오히려 움직이기 쉽게 만들어 준 것 같아요."

지금 그중 세 사람은 세상을 떠났고 한 사람이 남았다.

"다시 새로운 후배들을 맞아들여 정성스러운 보살핌을 받으며 제 집에서 눈을 감을 수 있게 되었습니다."

올해 연하장에 그렇게 적혀 있었다. 예전에 넷이서 사들인 집은 다음 세대에 물려줄 절차를 마쳤노라는 말도 덧붙여져 있었다.

앞에서 이야기한 소설에는 성적 소수자인 두 사람이 주인공으로 등장한다. 동성애를 기이하게 바라보는 '편견 의식'이 있던 시절에 젊다는 말을 듣기에는 나이를 먹어버린 두 사람이 서로의 노년 풍경을 어떻게 합쳐 나갈지를 모색하는 이야기였다. 지금까지 줄곧, 아니, 지금이야말로 내가 풀어내야 할 중요한 화두 중 하나다.

자식이 없더라도

내가 가족이든 지인이든 누군가에게 요구하는 것은 거의 같다. 가족이니까, 친구니까, 동성이니까, 이성이니까, 이와 같은 외적 개념이 아니라 인간관계라면 마땅히 추구해야 할 가치, 그 기본에 충실하고 싶다.

어머니를 돌볼 때는 '낳아주신 어머니니까'라는 말 한 마디면 가장 이해하기 쉽고 그걸로 충분했다. (그리고 그게 사실이다.) 그러나 혈연관계가 아니라도 만약 그녀라는 존재를 충분히 알고 그녀가 그리 해달라고 부탁했다면 나는 그녀를 간병했으리라.

간병 경험을 다른 사람에게 전할 때 항상 덧붙였던 말이 있다. 바로 "간병은 혈연관계만의 문제가 아니다"라는 말이다. 나의 사소한 경험이 잘못된 전례가 되어서는 안 된다고 생각했다.

'혈연이 아니라도 어머니를 간병했으리라'는 말을 몸소 증명할지 아닌지는 알 길이 없으나, 어머니를 간병하는 동안 어머니와 앞서거니 뒤서거니 쓰러진, 나에게는 소중한 인연으로 맺어진 한 여성의 간병을 내 집에서 동시에 병행했다.

그녀는 오랫동안 내 일정을 관리해 주던 분으로 부모님을 먼저 보낸 독신이었다. 사정이 있어 친척 간의 왕래도 없었다.

어느 날 어머니를 간병하는 내 모습을 보고 그녀는 "역시 자식이 있으니까 좋네"라고 혼잣말처럼 중얼거렸다. 그때 내가 "그건 아니죠"라고 대답했던 기억이 있다.

그 후 그녀가 심각한 병에 걸려 나는 어머니 간병과 동시에 그녀를 간병했다. 이유는 어머니 때와 같다. 소중한 사람을 내 손으로 돌보고 싶다는 마음이 있었기 때문이다. 그게 전부다.

내 방을 가운데 두고 한쪽에 그녀가, 다른 한쪽에 어머니가 계셨다. 두 사람의 방을 오가며 간병하는 생활이 시작되자 그녀도 어머니와 같은 병원으로 옮겨, 둘 중 한 사람이 단기 입원해도 어떻게든 꾸려나갈 수 있도록 준비했다.

그녀에게는 '이렇게 하고 싶다', '이렇게 해줬으면 좋겠다'라는 의사가 확실하게 있었기에 입원 절차와 수술 동의서도 내가 작성할 수 있었다. 그렇게 이 년 반이라는 시간이 지났고 그녀의 임종도 내가 지켰다. 그녀를 어머니와 똑같이 간병했을까. 그녀에게 물을 수밖에 없지만 노력했다기보다 반사적으로 그렇게 했던 나 자신이 있었던 게 사실이다.

두 사람의 간병에 겹치는 시기가 있어 몸과 마음이 모두 녹초가 되었던 게 사실이다. 그러나 한편으로 그렇게 간병에서 얻은 지혜를 다른 방면에서 실천하는 등 배운 것도 많다. 아주 가까운 피붙이가 아니라도 누군가의 쾌적한 생활을 위해 최선을 다해 노력하고 그 사람이 기뻐할 만한 행동을 하는 게 하루하루의 보람이 된다는 사실을 배웠다. 물론 당시에는 정신이 없었다.

그러나 정신없이 몰두하지 않으면 극복할 수 없는 일도 있는 법이다.

왜 나는 어머니를 간병했나

육아와 간병이 언제나 여성의 몫으로 남겨지는 현실에 나는 항상 이의를 제기했다. 그런 내가 어머니를 간병하겠다고 나서자 "왜?"라고 묻는 사람도 있었다.

어머니를 간병하겠다는 선택을 한 이유는 단 한 가지, '그렇게 하고 싶었기 때문'이다. 내가 하고 싶은 일을 말릴 사람은 없다.

일을 중심으로 살던 내가 구체적으로 어머니와 공유할 수 있었던 시간은 그다지 길지 않았다. 그래서 만약 지금이 어머니 삶의 마지막

장이라면 더 깊게 더 구체적으로 함께 있고 싶다는 절실한 마음이 전부였다.

일종의 각인일 수도 있다. 어머니가 외할머니를 집에서 간병하던 모습을 가까이서 지켜보기도 했기에 '어머니 간병은 집에서 하고 싶다'고 생각했고 어머니 본인도 그렇게 바라셨다고 믿는다. 좋은 시설이 있다는 것도 알고 있었고 내 체력이 한계에 이를까 염려해 어디 좋은 시설에 모시라고 권한 사람도 있었다. 그러나 몇 군데 시설을 견학하며 실감했다. 지금 일본이라는 나라의 사회체제 안에서는 역시 돌봄 인력이 부족하다는 현실을 받아들여야 한다.

어머니를 간병하는 동안 만들어진 간병 보험 제도는 '가족은 손을 잡아드리고, 현실 기술은 전문가의 도움에 맡긴다'라는 취지로 만들어졌을 테지만, 간병인의 수가 턱없이 부족해 현실적으로는 도저히 불가능하다. 간병 보험은 애초에 '주부 역할을 하는 존재'가 한 사람 집에 있다(대개 딸이나 '아들의 아내', 즉 며느리)는 사실을 전제로 만들어지지 않았을까.

현실을 마주하고 나서, 내가 수긍할 수 있는 간병을 하기 위해 전문가의 손길도 빌리며 집에서 어머니를 돌보자고 결심했다. 물론 전문가이기에 할 수 있는 일도 많고 전문가만 할 수 있는 일도 있다. 반면 가족과 가까운 사람이 전문가보다 잘 아는 부분도 있다. 설령 완벽하지 않더라도 옷부터 음식, 기타 생활에 직결되는 이런저런 자질구레한 일들에 이르기까지, 어머니의 취향을 아는 사람은 나다. 어머니와 오랜 세월을 함께 했기에, 그만큼 세심하게 배려할 수 있었다고 생각한다.

약 7년간의 간병 동안 가능한 범위에서 어머니를 돌보았다고 믿고 싶다. 그렇다고 후회가 없는 건 아니다. 최근에야 어머니가 레비 소체형 치매를 앓으신 게 아닐까, 라는 생각이 들었다. 최초에 내려진 진단은 파킨슨 증후군, 이어서 알츠하이머 증후군이었다. 각각의 병명에 맞는 약이 처방되었고 필요한 대응 방법도 배웠다. 병명을 잘못 알아 부적절한 대처를 하거나 당황한 적도 많았다. 아직 어머니의 병을 모르던 시절, 치마를 입으려다 넘어진 어머니에게 "왜 뭘 붙들고 입을 생각을 안 하셨어요! 위험하잖아요!"라고 성질을 부렸던 일은 지금까지 두고두고 후회된다. 걱정이 화를 만드는 법이다.

같이 쓰러지지 않으려고

부모와 자식이 서로를 끔찍이 생각하다 보면 아무래도 피차 부담을 주게 마련이다. 서로를 위하다 지쳐 피로가 쌓여 같이 쓰러지거나 충돌이 일어나기도 한다. 그런 불상사를 피하려면 역시 어느 정도 거리를 둘 필요가 있다. 너무 가까운 사이일수록 정신적으로 살짝 거리를 두어야 한다. 절대 쉬운 일이 아니다.

간병뿐 아니라 육아도 마찬가지다. 좁은 아파트에서 어머니와 아이 둘이 24시간 마주 보고 부대끼는 상황이 정말로 아이에게 행복할까. 어머니에게도 마찬가지다.

어머니인 여성이 가질 수 있는 '내 가능성은 본래 다른 곳에 있을 텐데……'라는 분노와 초조가 아이에게 향할까 두렵다. '너 때문에 포기한 일이 있어'라는 말을 어머니에게 들은(혹은 간접적으로 느낀) 아이 역시 구제할 길 없는 고통을 안고 살아야 한다.

우리 집은 어머니와 나 둘뿐이라 자칫하면 서로 의존하는 관계가 될까 두려워, 앞에서도 설명했듯 어머니는 의식적으로 나와 거리를 두려고 노력했다. 그래서 나는 간병을 할 때도 약간의 거리를 둘 수 있는 시간과 공간을 고려했다. 도중에 간병을 시작하게 된 지인과는 오히려 거리를 좁혔다. 그 덕분에 균형을 잡을 수 있었다. 또 일을 '축소'한 게 약간의 도움이 되었다.

자식의 돌봄을 받는 처지가 된다는 상황은 엄청난 압박감을 준다. 만약 나에게 내가 자식이 있었더라면 내가 어머니를 간병했듯 내 자식이 나를 간병하는 상황을 마냥 반길 수 없었으리라.

돈으로 해결할 수 있는 일은 돈으로 해결하는 게 좋다는 게 내가 간병받는 입장이 되었을 때의 희망이다. 돈으로 해결할 수 없는 부분만 가족과 친한 사람들이 부담해 주는 정도로 충분하지 않을까. 간병 보험이 초창기에 내걸었던 '손을 잡고 추억을 이야기할 수 있게 도와주는 제도'라는 구호를 다시 한 번 꺼내 들어야 할 때다. 도란도란 추억을 이야기할 수 있는 시간과 공간이야말로 간병하는 쪽에서도 간병받는 쪽에서도 가장 절실하게 필요한 지원이다.

내 자식이 아닌 남이 나를 간병하는 상황에 거부감을 느끼는 사람도 있을 수 있다. 그러나 나는 간병을 업으로 삼는 사람의 보살핌을 받는 게 한결 홀가분한 기분이 든다.

어차피 내 손으로 하든, 전문가의 손길을 빌리든, 어느 쪽을 택하든 그때 이렇게 했더라면, 하는 괴로운 마음은 남는다. 어머니를 보내드리고 나서 '좀 더 잘할 수 있지 않았을까'라고 속상해하거나 '사실 내가 하고 싶었는데 이런저런 상황이 여의치 않아 남의 손을 빌릴 수밖에 없었다'며 후회하기도 했다. 미련과 후회는 모두 간병이 그만큼 버거운 일이라는 증거다.

누구나 만족할 수 있으려면 '이 방법밖에 없다', '이게 최선이다'라는 대답은 없다. 어느 쪽을 선택해도 후회할 바에야 각자의 상황에 맞게 진지하게 '고민'하는 수밖에 없다.

참고서는 차고 넘치지만 각자가 '자신의 상황'에 맞는 맞춤형 참고

서를 만드는 수밖에 없다. 집집마다 제각기 안고 있는 문제나 환경은 다르다. 타인이 힘들게 거쳐 온 간병이라는 시간을 '우리 집에서는 이렇게 간병했다'며 함부로 비판해서도 안 된다.

차라리 '필요한 때 도움의 손길을 내밀어 주는' 이웃으로 남고 싶고, 또 그렇게 살고 싶다.

부부의 형태에 '정답'은 없다

누구에게나 딱 들어맞는 '정답' 따위는 없다. 부부라는 인간관계도 마찬가지다. 부부란 주로 사실혼을 전제로 한 부부를 가리키지만 그외에도 다양한 형태가 있다. 그 관계를 어떻게 꾸려갈지는 시행착오를 거치며 둘이서 찾아내는 수밖에 없다.

부부에 관해 생각할 때 나는 샬럿 브론테의 『제인 에어』라는 소설을 떠올린다.

주인공 제인 에어는 로체스터 가문에 가정교사로 고용되었다가 고용주인 로체스터에게 프러포즈를 받지만 그에게 아픈 아내가 있다는 사실을 알고 거절한다. 이런저런 우여곡절을 거치다 로체스터는 화재 사고를 당해 많은 것을 잃어버리고 제인은 비로소 '그와 함께 살겠다'

고 결심한다.

'잃었던' 사람이라면 함께 살 수 있다. 동정이든 연민이든 대등하게 살 수 있다. 제인 에어의 선택을 나는 멋대로 그렇게 해석했다. 그녀의 선택은 세상의 많은 이들의 가치관과 대비된다. 그러나 그 선택은 제인 스스로 했다. 부부란 모름지기 이러이러해야 한다는 사회 일반의 가치관에 두 사람이(혹은 한 사람이라도) 반감을 느낀다면 자신들의 상황을 만드는 수밖에 없다. 여기서도 역시 '내'가 주체가 되어야 한다.

'대화가 없어?'

물론 부부의 가치관이 '같다'고 해도 두 사람의 생각이 일치하지 않는 경우는 많다. 그렇다고 각자의 생각이 어긋난 상태로 몇십 년을 사는 건 의무를 게을리하는 게 아닐까, 라는 생각이 든다.

최대한 이야기해야 한다. 내 생각을 전해야 한다. 말해도 고쳐지지 않는 버릇이나 습관도 있다. 그럴더라도 그 부분을 어느 정도 선까지 용인할 수 있을지, 스스로 판단해야 한다.

대화하려고 해도 이야깃거리가 없다는 사람도 있다. 레스토랑에서 마주 보고 식사를 하는데 거의 대화를 하지 않는 부부도 있다. 문득 머리를 맞대고 도란도란 대화에 빠져든 젊은 커플을 보고 '아, 나한테도 저런 시절이 있었지'라고 소스라치게 놀란다.

지인 부부에게 들은 이야기다. 어느 날 문득 이야깃거리가 떨어진 자신들을 생각해 보았단다. 아이가 생기고 나서는 아이 이야기, 둘째가 태어나고 나서는 둘째 이야기로 대화의 주제가 바뀌었다. 세월은 꿈결처럼 지나가고……, 어느덧 아이들은 독립해 부모 품을 떠나고 각자의 가정을 꾸렸다.

'그러고 보니 우리는 자식 이야기만 했네. 우리에게 자식이 없었더라면 여태까지 결혼생활을 유지할 수 있었을까.'

그 사실을 깨달은 순간 엄청난 충격을 받았다고 아내는 말했다. 남편도 별반 다르지 않았다.

"그래서 둘이서 마주 앉아 앞으로는 좀 더 대화를 나누자고 말했어."

둘이 공통된 취미가 있다면 이야깃거리는 무궁무진하다. 공통분모가 없다면 내가 모르는 일에 대해 상대방이 이야기해 주고 나는 귀를 기울이는 재미도 있다. 소통의 방법은 참으로 다양하다. 정치나 복지 정책에 관해서도 이야기를 나눌 수 있다. 굳이 이야깃거리를 찾을 필요 없이 아침 신문을 읽고 뉴스를 이야기해 주어도 좋다.

유럽이나 미국 커플처럼 늘 말로 사랑을 확인해야 한다는 사고방식도 스트레스를 유발한다. 유려한 말솜씨로 서로의 이해 정도를 가

늦해야 하는 상황 역시 강박적이다. 그러나 아무것도 말할 게 없다는 상황 역시 문제다. 멀뚱멀뚱 쳐다만 보고 말도 붙이지 않는 사람과 어떻게 함께 살 수 있을까.

말하기 싫은 날이 있을 수도 있다. 그렇다고 말을 붙이기도 싫다는 건, 그 지경에 이르게 만든 과거가 문제다.

부부 사이에 대화는 있는데, 대화 내용이 자식이나 키우는 개나 고양이 이야기뿐, 자식이나 반려동물이 없어지면 이야깃거리가 뚝 떨어진다는 부부도 있다.

"오늘 날씨 참 춥네."

"저 나무 이름이 뭐더라?"

사소한 이야기라도 상관없다. 일상적인 대화를 주고받으며 대화를 이어가다 보면 서로 마음이 통하는 순간이 분명 찾아온다……. 그렇게 생각하고 싶은 건 내 욕심일까?

식사 준비는 누가 해?

"삼식이라는 말 들어봤어? 집에서 삼시 세끼를 다 얻어먹는 남편을 삼식이라고 한다더라. 우리 남편이 정년퇴직하고 나서 딱 삼식이가 됐지 뭐야. 그놈의 밥 타령 때문에 내가 꼼짝을 못한다. 말도 마, 힘들어 죽겠어."

남편의 식사 수발에 진력이 난 아내가 불만을 털어놓는 경우가 있다. 그러나 '밥을 차려줘야 한다'고 생각하는 쪽에도 책임이 있다.

'하나부터 열까지 내 손으로 해야 한다'고 생각하기 때문에 밥상 차리기가 귀찮아진다. 애초에 왜 '밥 차리는 사람'이 정해져 있을까? '삼시 세끼 밥을 차리는 게 지긋지긋하다'고 푸념할 바에야 그 생각부터 고치는 게 낫다.

예를 들면 처음에는 일주일에 이틀, 다음에는 사흘, 그러다 반반씩 식사를 준비한다. 함께 준비해도 좋고 가끔은 만들어 달라고 부탁해도 좋다.

"우리 남편은 할 줄 아는 게 아무것도 없어."

푸념만 하지 말고 라면밖에 끓일 줄 모르는 남편이라면 할 수 있도록 훈련할 기회를 마련해 주어야 한다. '이제 와서, 어떻게'라고 손 놓고 있는 동안에는 평생 '세 끼 밥상'을 차리는 일은 '여러분'의 몫이다. 요즘은 손 하나 까딱하지 않고 아내가 차려준 밥상을 받아먹기만 하는 간 큰 남편은 그리 많지 않으리라 믿지만 말이다.

어쨌든 가사 분담은 확실하게 선을 그어둘 필요가 있다. 집안일을 일일이 분담하는 건 쩨쩨하게 느껴진다는 사람도 있다. 하지만 가정은 두 사람이 함께 만들었고 앞으로도 만들어 나가야 한다. 배우자가 집안일에 손 하나 까딱 안 한다면 조금씩이라도 하게 만들어야 한다! 익숙해지면 '조금 더', 그러다 반반씩, 운이 좋으면 6:4 정도로 분담할 날이 올 수도 있다.

입원을 계기로 남편에게 요리와 다른 집안일을 하나씩 가르쳐 주었다는 친구가 있다.

"입원하는 날까지 일과표를 만들었어. 엄청난 속도로 밀어붙였지. 발등에 불이 떨어지니까 그이도 필사적으로 배우려고 애쓰더라. 퇴원해서 집에 돌아왔을 때는 집안일 실력이 엄청나게 늘었더라니까."

원래 결혼하기 전에 자취 기간이 길었던 사람이라 집안일을 배우는 속도도 빨랐던 모양이다.

"그이가 혼자 살 수 있는 능력을 내가 빼앗았을지 모른다는 생각이 들더라……"

친구가 말했다.

집안일은 서로 잘하는 분야를 담당하면서 역할을 나누는 게 기본이다. '소파와 한 몸이 되어 손 하나 까딱하지 않는 남편'은 내 친구의 말처럼 아무것도 하지 않는 남편을 그대로 내버려 둔 '여러분'이 문제다. 먼저 '나'부터 바뀌어야 한다.

요리를 좋아하는 남자는 생각보다 많다. 요리 잘하는 남자도 많다. 못 하는 게 아니라 태반은 '안 하는 것'뿐이다. 무엇보다 집안일이 어떻게 돌아가는지 하나도 모르는 남편을 어떻게 믿고 살 수 있단 말인가?

신문의 독자 투고란에 실린 재미난 이야기가 있다. 아내가 감기에 걸려 온몸이 불덩이처럼 달아오를 정도로 열이 펄펄 나서 몸져누웠다고 한다.

"아무것도 할 필요 없어. 당신은 그냥 누워서 쉬어."

남편은 그렇게 말하고 출근했다. 그런데 남편이 퇴근할 때까지 아픈 아내는 쫄쫄 굶고 있어야 했다.

아내가 만들어둔 음식이 없으면 두 사람이 같이 손가락 빨며 쫄쫄 굶어야 하는 황당한 사건을 몸소 겪고 싶지 않다면 여러분부터 달라져야 한다.

부부란 뭘까?

원래 남이던 두 사람이 인생길을 함께 걷는 부부라는 관계에만 있는 묘미가 있다.

밤늦게 퇴근한 남편이 "나 왔어"라고 무성의하게 인사하고 텔레비전 앞에 드러누워 스포츠 뉴스만 보고 있다. 그 꼴을 보고 속이 부글부글 끓어올라 뭐라고 톡 쏘아붙일까 하다가 남편을 봤더니 녹초가 된 얼굴로 꾸벅꾸벅 졸고 있다. 그 순간 '이 사람도 지쳤구나'라고 따스하게 감싸 안아주고 싶어진다……. 그게 부부다.

어느 날 이유 없이 짜증 난 아내가 아침에 창밖을 보다가 문득 고개를 돌렸더니 "오늘 날씨 참 좋다"라며 해사하게 웃는 남편이 있다. 막 만났을 때처럼 다정하고 멋진 표정에 엉겁결에 피식 웃음이 터져 나오고 말았단다. 고작 그 정도로 행복을 느낄 수 있다. 그게 부부다.

고령자라 불리는 나이가 될 때까지 상대방을 참고 살다 '얼마 남지 않은 인생, 더는 참고 살지 않겠어'라며 이별을 고하고 황혼 이혼을 선택하는 사람도 있다.

반대로 한평생 '헤어지겠다'는 마음을 품고 살다가, 상대방이 병에 걸려 간병을 하다 그때까지 보지 못하던 상대방의 장점을 발견하고 감사하며 "우리 다시 한 번 시작해 보지 않을래?"라고 마음을 고쳐먹는 사람도 있다.

완벽한 가족이 없듯 완벽한 부부도 없다. 부부라는 관계에 완벽함이란 없다는 사실을 인정해야 눈에 들어오는 풍경이 있는 법이다.

그래도 한계가 느껴진다면……. 헤어지는 수밖에 없지 않겠는가! 서로를 위해. 최대한 빨리!

우정, 이 달콤쌉싸래한 감정

우정은 달콤하면서 쌉쌀한 감정이다. 달콤한 측면에만 초점을 맞추면 혀가 아리도록 단맛으로 변해 속이 느글거리고 부대낀다. 쌉쌀한 측면만 찾으면 신물이 올라올 정도로 쓴맛으로 변하고 만다.

모든 인간관계에 공통된 진리가 있다. '차이'를 서로 인정할 수 없는 관계는 한 자리에서 맴돌며 익숙한 스텝에 맞춰 같은 춤을 반복할 수밖에 없다. 처음에는 나쁘지 않을 수도 있겠지만 차츰 지친다.

상대방의 변화와 성장을 인정할 수 없다. 같은 속도로 변화하고 성장하고 싶다. 의견이 일치하지 않으면 서운하다……. 달콤함만 쫓다가는 상대방에게 나라는 존재는 시나브로 무거운 족쇄가 된다. 서로의 변화 가능성을 인정하는 마음가짐은 나 이외의 누군가가 상대방에게 필요할 가능성이 있음을 받아들이는 데서부터 시작해야 한다.

쌉쌀함과 달콤함의 균형을 어떻게 잡아야 할지는 너무나 어렵다. 특히 일정 연령대 이상이 되면 친구 관계는 묵직한 화두로 자리 잡는다. 연인관계나 부부관계가 가장 중요하다고 생각하는 시기는 길지 않다. 차라리 부부조차 '우정'으로 맺어진다고 생각하면 어떨까.

수지 오바크와 루이즈 아이헨바움이라는 테라피스트가 여성의 우정을 그린 『BETWEEN WOMEN-LOVE, ENVY AND COMPETITION

IN WOMEN'S FRIENDSHIPS』이라는 책이 있다. 일본에서는 『Bitter sweet : 여성이 우정을 만날 때』라는 제목으로 번역 출간되었다. 그 책을 번역한 가와노 기요미는 일본에서 페미니스트 상담의 개척자다. 그녀는 책 속에서 여성의 우정은 무슨 일이나 '같이 하려는' 경향을 보인다고 말했다. '그럼에도 불구하고' 너와 나는 다르다는 그 차이를 확실하게 이해해야 하고, 그 이해가 바탕이 되어야 비로소 성립하는 게 참된 우정이라는 게 책의 주제다.

나는 '같이 하는 일'에 약하다. 배부른 투정이라는 걸 잘 안다. 그래도 갑갑하다. 여중생이 친구와 화장실까지 같이 가는 느낌으로 '무슨 일이든 같이', '무슨 일이든 공유'하지 않으면 우정이 성립하지 않는다는 생각 따위 환상에 지나지 않는다. 비단 여자들의 우정에만 국한된 이야기가 아니다. 남자 간의 우정에도 '사상이 같다'는 데서 안정감을 찾는 사람이 많다. 마음은 알지만 그런 생각도 마찬가지로 숨이 막힌다.

무슨 일이든 같이 하고 무슨 일이든 생각이 같아서는 서로 배울 게 없다. '이 부분이 다르다'라는 발견이 오히려 서로의 존재를 재미있고 깊게 만들어 주지 않을까.

'맞아'라고 고개를 끄덕이는 관계만이 우정이 아니다. 이의를 제기하는 건 권력에 대해서 뿐만이 아니라 서로를 향할 필요도 있고, 서로의 성장에도 꼭 필요하다.

이렇게나 증후군

제목을 보고 고개를 끄덕이는 독자도 있으리라. 아는 사람은 아는 레오 리오니의 『파랑이와 노랑이』라는 그림책에서 따온 제목이다.

인간관계를 생각할 때 나는 이따금 이 그림책을 소개하곤 했다. 1950년대 출간된 이 그림책을 다시 한 번 소환하려 한다.

가족도 부부도 친구도 인간관계에는 일종의 공의존(共依存)적 측면이 있다. 그 측면을 모조리 부정해 버리면 관계는 거의 성립하지 않으리라. 공의존이 문제가 되는 상황은 일정 한계를 넘었을 때, 그리고 한쪽에 고통을 줄 때다.

지나치면 '이렇게나 증후군'이라고 부를만한 일종의 증상이 발생한다. 내 멋대로 붙인 이름이라 잠시 설명을 덧붙일까 한다.

"내가 너를 '이렇게나' 생각하잖아. 그러니까 나한테 감사해야지."

"내가 너를 위해 '이렇게나' 노력했는데. 너도 어느 정도는 보답하는 시늉이라도 해야 하는 거 아니야?"

"너를 '이렇게나' 진심으로 생각하는 사람이 이 세상에 나 말고 누가 있겠어?"

이렇게나, 이렇게나, 이렇게나……

말로는 '너를 위해서'라고 하면서도 사실 나를 위해서가 아니었을까. 좀 심하게 말하면 '노력했다'는 말은 '내가 그렇게 했으니까, 너도 최소한 내가 해준 만큼은 해야지'라는 무언의 압박이 아닐까.

내가 체감하는 온도와 상대방의 체감 온도는 다르다. '이렇게나'라는 말 속에는 체감 온도까지 나와 맞추라는 강요가 엿보인다. 그게 우정이고, 사랑이라고 착각하는 데에서 문제는 비롯된다.

이건 사랑도 우정도 아니다. 속박, 강제, 억압, 자기만족, 일종의 지배와 피지배 관계에 불과하다. 사랑이라는 이름 아래 무의식적으로 성립하고 계속되었을 따름이다. 상상만 해도 숨이 턱 막힌다.

부부니까, 친구니까 모든 걸 함께 한다는 생각과도 다르다. 서로의 관심사가 다른데 나 혼자만 푹 빠진 메밀국수 뽑기와 도예와 골프에 언제까지고 맞춰줄 수는 없다.

레오 리오니의 그림책『파랑이와 노랑이』로 돌아가 보자.

나는 이 그림책을 우정과 사랑 그리고 가족의 양상에 대해서도, 민족 간의 관계에 대해서도, 외교에 대해서도 들어맞는 주제를 포함한 작품이라고 소개해 왔다. 줄거리를 간단히 살펴보자.

파랑이와 노랑이는 사이좋은 단짝 친구다. 어느 날 신나게 놀던 둘은 기분이 들떠 각자의 색이 섞여 '초록이'가 되고 말았다. 구체적인 의미에서 '파랑이'와 '노랑이'는 소멸한다. 초록이가 되어 각자의 집으로 돌아간 파랑이와 노랑이는 가족에게 거부당한다.

"우리 아이가 아니야."

엉엉 울던 두 친구는 파란 눈물과 노란 눈물이 되어 각자의 눈물이 '파랑이'와 '노랑이'가 된다……. 이런 줄거리로 색종이를 찢어서 만든 그림책이다.

파랑이는 파란색, 노랑이는 노란색이라는 자신의 색이 있기에 둘이서 만드는 '초록의 시공'이 빛난다. 파랑이와 노랑이의 관계야말로 인간관계의 기본이 아닐까.

선을 긋다

특히 여성끼리의 관계에서는 어느 정도 의식적으로 거리를 두고 싶다. 가랑비에 옷 젖는 줄 모른다고 서서히 '두 사람만의 세상'에 풍덩 빠져드는 경향이 있기 때문이다.

나에게는 평소 왕래하는 결혼하지 않은 여자 친구 몇 명이 있다. 가족이 있는 친구도 있다. 함께 집에서 밥을 먹거나 일 년에 한두 번 밤을 새워 영화를 보거나, 서로 전화를 걸어 시시콜콜한 근황 보고부터 현 정권에 대한 이의 제기 등으로 수다를 떠는 관계다. 아예 우리 집 여벌 열쇠를 맡겨 둔 친구도 있다.

친하다면 친한 관계지만, 아무리 친해도 이 이상의 개입은 부담스럽다는 보이지 않는 선은 서로의 사이에 그어두었다. 과거의 실패가 가르쳐준 선 긋기다.

"좀 더 곁을 내주면 어때서."

"나한테 좀 더 다가와도 괜찮은데."

때로 서운한 감정을 내비치는 친구도 있다. 그러나 그 요구는 나로서는 쉽사리 바꿀 수 없는 부분이다. 우리가 알고 지내는 동안에는 아무쪼록 이해해 달라고 말하는 수밖에 없다. 그게 싫다면 나 말고 다른 사람에게 그런 관계를 요구해 달라는 말이다.

지금 내 친구들은 내 생각을 양해해 주고 '선'을 넘어 들어오려고 하지 않거니와, 그녀들에게도 다른 사람을 들이고 싶지 않은 금지 구역이 있다.

예를 들면 내가 열이 나서 쓰러졌을 때 "뭐라도 가지고 갈까?"라고 나서는 친구가 있다.

"오늘 밤에는 일이 있어서 다른 사람을 만나기 좀 그렇네. 미안, 다음에 보자."

친구의 호의를 이렇게 거절할 수 있는 관계다.

"그럼 필요한 게 있으면 전화해."

친구도 기분 상한 기색 없이 선선히 전화를 끊는다. 열이 나서 불덩

이처럼 달아오른 몸으로 새근새근 뜨거운 입김을 내쉬며 컴퓨터 앞에
앉아 있을 때, 보란 듯이 커다란 꽃다발을 끌어안고 '딩동'하고 초인
종을 누르며 찾아오면 부담스러워할 거라는 걸 잘 아는 친구들이다.
나도 그 친구들을 그렇게 대하고 있다.

　아마 그녀들에게도 '기껏 챙겨 주려고 했더니……'라는 마음이 없지
는 않을 터이다. 그러나 '이렇게나 증후군'에 빠지지 않고 솔직한 기분
을 터놓고 말할 수 있는 관계를, 우리는 노력으로 만들어 나가고 있다.

　그래, 노력으로다. 어쩌다 삐걱거릴 때도 있다. 그럼에도 친한 관계
를 계속 유지할 수 있는 건 이 '노력'의 결과다. '자연스럽게 그렇게 되
었다'는 건 억세게 운이 좋은 경우에만 가능하지 않을까.

'차경(借景)'으로 사랑한다

해를 거듭할수록 인간관계에서 내 그릇이 어느 정도인지 한계를 가
늠할 수 있게 되었다. 지금의 나는 인간관계를 더 넓힐 여유가 없다.
애초에 나는 적극적으로 나서서 소통하는 유형이 아니다. 그래서
'그때 그 사람과 좀 더 친하게 지냈으면 좋았을 텐데……' 하고 후
회할 때도 있지만, 데면데면한 내 본래의 성질이 나이와 더불어 색

을 더해가고 있다.

또 50대 중반 무렵부터 그 정도로 깊이 알고 지내고 싶다는 생각이 드는 사람이 점점 줄어든 게 사실이다. 살짝 서운하지만 '설렘'이 줄어들었다. 동성이든 이성이든 마찬가지다.

그렇다고 해도 완전히 없어진 건 아니다. '이 사람에 대해 좀 더 알고 싶다'는 생각이 드는 멋진 사람은 지금도 있다. 예전이라면 쭈뼛쭈뼛하면서 그 사람과 더 깊이 소통하려고 노력했을 수도 있다. 사실 그렇게 생긴 관계도 있다.

그런데 지금은 '알고 싶다'는 마음 단계에서 머물려는 내가 있다. 의식적으로 그렇게 하고 있다. 넓히려고 생각하면 관계를 담을 그릇의 용량을 더 키울 수도 있다. 그러나 사람과 본격적으로 교류하면 점점 관계의 깊이가 깊어지고, 마지막에는 허용량을 벗어나는 순간이 온다는 걸 충분히 상상할 수 있다. 그 정도의 에너지를 계속 유지하는 건, 지금의 나에게는 솔직히 버겁다.

요즘에는 '저 사람 참 멋지다'라는 생각이 드는 사람이 있으면 경의를 품고 바라본다. 말하자면 '차경(借景)'하는 기분으로 멀리서 바라보는 위치에 있으려 한다. 그 사람이 있는 영역 끄트머리에 내가 존재하고, 상대방도 내 영역 어딘가에, 하지만 확실하게 있어 준다면 그것만으로도 기쁘다. 가령 그 사람이 쓴 책이 있으면 실제 개인적 관계를 쌓기보다 작품을 통해 그 사람을 더 깊이 안다. 그 정도로 충분히 만족한다. 정서적으로 충족되어 공복감은 전혀 없다.

배턴을 넘겨준다

'차경'으로 즐기는 사람들과 직접 관계를 맺지 않고 나보다 어린 세대에 '만나러 가 보라'고 권할 때도 있다. 연하의, 주로 동성 친구 중에 '잘하고 있네. 열심히 하고 있구나'라는 생각이 드는 친구가 있으면 내 '차경'을 소개해 준다.

내가 아직 젊었던 시절에는 여성이 일할 공간이 아주 좁거나 기회가 적었기에, 자신이 만든 '인맥'을 남에게 넘기지 않는다는 방어적 태도를 보이는 선배를 심심치 않게 보았다. 그 인맥을 넘기면 자신이 고생해서 얻은 보물이 달아날지 모른다는 불안이 그녀들에게 있었기 때문이리라.

'나는 죽도록 고생했는데, 고생이라고는 하나도 모르는 사람에게 순순히 가르쳐주면 나만 억울하잖아.'

그런 마음도 있었으리라. 그 마음도 이해할 수 있지만, 그런 그녀들을 바라보며 역시 안타까움에 가슴이 아팠다. 그래서 '어른'이라고 불리는 나이가 되면 내가 가진 것은 가능한 다음 세대와 공유하겠다고 다짐했다. 예를 들어 나보다 어린 기자나 저널리스트들에게 내가 멋지다고 생각하는 사람을 적극적으로 소개한다.

"정말로 멋진 분이었어요."

만나러 갔던 후배들의 감상을 접하기만 해도 흐뭇해진다. 인간관계 넘겨주기도 역시 어른의 선물이라고 믿는다.

변화하는 나와 어떻게 마주할까

나이를 먹으면 기력, 체력, 집중력이 떨어진다. 누구에게나 공통된 고민을 나도 한다. 변화하는 자신과 어떻게 마주할까, 때로 타인과의 인간관계보다 더 어려운 주제다.

무엇이 가장 어려운 인간관계인지 묻는다면, 자신과의 관계만큼 어려운 인간관계도 없다고 대답하고 싶다.

시들어가는 자신을 깨닫지 못하고, 젊은 시절과 똑같이 하려고 아등바등해봤자 할 수 있을 리가 없다. 나도 지금 내가 할 수 있는 업무 속도와 보폭을 고려하지 않고, 어쩌다 일을 맡을 때가 있다. 그런데 실제로 해 보면 예전에는 한 시간이면 너끈히 해치우던 분량의 원고가 이제는 족히 세 시간은 걸린다. 뚝딱 읽어치우던 자료를 이해하려면 예전보다 더 많은 시간을 투자해야 한다. (시력 문제도 있다.) 마감날 아침에 하면 충분할 듯 싶어 미뤄 두었는데 막상 시작하고 보니 '기차 탈 시간이 다 되었는데 아직 끝내지 못해' 쩔쩔맸던 적도 있다. 전날 해두었으면 좋았을 일을 조금 일찍 일어나면 할 수 있다고 가볍게 생각했다 낭패를 당하는 게 내 못난 버릇이다. 어쨌든 지금 내 능력으로는 충분히 따라잡을 수 없다.

시력이 떨어지는 현상도 가슴이 쓰리다. 젊은 시절처럼 깨알같이 작은 글씨를 줄곧 들여다볼 수도 없거니와, 아무리 좋은 돋보기를 써도 예전만 못하다. 슬슬 백내장 수술을 하라는 말도 들었고, 수술하고 나면 훨씬 편해진다고 주위 사람들의 권유도 받았지만, 수술이라는 행위 자체에 질겁하는 성격이라 '이대로 살다 가겠다'며 멋대로 수술을 미루고 있다.

또 하나의 큰 변화는 물건을 찾는 데 걸리는 시간이 길어졌다는 것. 황당해서 웃음이 터져 나올 지경이다.

미국의 시인이자 평론가인 말콤 카울리가 자신의 80대를 해학적으로 그린 수필 『나이 80세에 바라보다』에서는 '육체가 늙음을 알리는 메시지 일람'의 하나로 다음과 같이 말하는 구절이 있다.

어디 두었다가 깜빡 잊은 물건을 찾는 시간이, 그 물건을 찾아서(찾는 다기보다 아내에게 찾아달라고 부탁해서) 사용하는 시간보다 길어졌을 때.

이 구절도 이따금 다른 글에서 소개했는데, 지금 온몸으로 절절하게 느끼고 있다. 예전에는 약간의 여유와 웃음을 섞어 소개했지만, 지금은 그럴 여유가 없다. 하루 중 어느 정도를 물건 찾기에 썼는지를 재주는 '만보계' 같은 물건이 있다면 재보고 싶다. 아니, 굳이 재보고 싶지는 않다. 어쨌든 물건을 찾는 시간이 말도 안 되게 길어졌다.

필요하고 중요한 물건일수록 번번이, 부산을 떨며 찾아다니다 보면 있어야 할 곳이 아닌 엉뚱한 곳에서 발견할 때가 자주 있다.

다음날 외출에 대비해 표와 필요한 물건을 가방 안 주머니에서 가장 잘 보이는 곳에 넣어두었을 터인데, 아침에 일어나면 감쪽같이 사라졌다. 귀신이 곡할 노릇이다. '없잖아, 없어'라며 허둥지둥 찾다 보면 엉뚱한 곳에서 튀어나온다. 그걸 거기 둔 사람은 다른 누구도 아닌 나. 그런데도 도통 기억이 나지 않는다.

얼마 전 잠들기 전에 되풀이해 읽던 책에 책갈피처럼 그날 아침 타야 할 고속철도 왕복표가 얌전히 끼워져 있었다.

이런 일이 일어날 거라는 정도는 지식으로 충분히 알고 있었다. 예상하기도 했다. 그런데 실제로 막상 내 일이 되고 보니 상상을 초월하는 변화가 자신에게 일어난다는 사실을 뼈저리게 깨달았다. 상상은 할 수 있어도 역시 자신이 경험하지 않으면 실감할 수 없다.

찾는 동안에는 '이를 어째. 시간 없는데'라고 꺅꺅 비명을 내지르며 있는 대로 짜증을 낸다. 그런데 막상 찾고 나서는 '역시 이게 나이를 먹는다는 거구나. 하하하'라고 엉겁결에 웃음이 터져 나온다.

'하하하'는 절대 활기찬 웃음이 아니다. 웃을 수밖에 없기에 비척비척 힘없이 웃는 허탈한 웃음이다.

살아 있는 동안에는 이런 일이 점점 더 많아지겠지. 내년의 나는 어떻게 될까. 대답은 한 가지뿐, 즉 '내년 일은 내년이 되어 보지 않으면 알 길이 없다.'

핑계일 수도 있겠지만, 오키나와 사투리로 '난쿠루나이사(なんくる ないさ-)'라는 말이 있다. 단순히 '어떻게든 되겠지'라는 의미뿐 아니라 그 너머에 '열심히 살며 노력하면 어떻게든 된다'는 뜻도 담겨 있다.

늙어가는 자신에게 불안해져도 어쩔 수 없지만, 할 수 있는 만큼 하면 어떻게든 풀리게 마련이다. 이것도 핑계일까?

4장

사
회
의
끝
맺
음

_자유롭게 살고 싶다.
평화롭게 살고 싶다.
차별은 하고 싶지도 않고,
당하고 싶지도 않다.
'죽이고, 죽임을 당하는' 법률 따위 이제 그만.
그래서 나는 목소리를 높인다.

간과할 수 없는 문제

히비야 야외 음악당에서 일부를 낭송한 이시가키 린 시인의 「조사(弔
詞)」라는 시가 있다. 여기서 일부를 소개한다.

조사

_사내신문에 게재된 105명의 전몰자 명부에 바치며

여기에 적힌 이름 하나에서 한 사람이 일어선다.

아아 당신이었군요.
당신도 죽었네요.
(중략)
사자의 기억이 멀어져갈 때

같은 속도로 죽음은 우리에게 다가온다.

(중략)

다들 여기로 돌아와 주세요.

어찌하여 전쟁에 휘말려

어찌하여

죽어야 했는지.

이야기해

주세요.

전쟁의 기억이 멀어져갈 때,

전쟁이 다시

우리에게 다가온다.

그렇지 않으면 좋으련만.

(후략)

_《현대시 수첩 특집판 이시가키 린》

　　나는 물론 이 시에 등장하는 '어머니와 끌어안고 하수구 속에서 죽어갔다'는 에비하라 스미코 씨와 만난 적이 없다. 시에 나오는 니시와키 씨도, 미즈마치 씨도 알지 못한다. 그러나 시를 통해 나는 에비하라 씨, 니시와키 씨, 미즈마치 씨라는 '한 생명의 존재'를 알아버렸다. 「조사」에 등장하지 않는, 전쟁에 목숨을 잃은 300만 명을, 히로시마에 나가사키에 원폭이 투하되었다는 사실도 몰랐던, 공장에서 일하는 사람들과 학생들을 알아 버렸다. 「인간을 돌려달라」라는 도우게 산키치의 시 역시.

원폭 투하 후, 피 냄새와 죽음의 냄새와 땀내 나는 사람의 입김이 혼재하는 낡은 건물 지하실. 젊은 여성의 목소리가 울려 퍼진다.

"아기가 나올 것 같아요."

이 난리 통에 어떻게 해야 좋단 말인가. 피난한 사람들은 자신의 아픔을 잠시 잊고 골똘히 생각에 잠긴다. 성냥 한 개비조차 없다. 이 지하실에서 어찌하면 좋단 말인가······. 그때 목소리 하나가 어두컴컴한 지하실을 울린다.

"제가 아기를 받을게요."

중상을 입고 지금까지 신음하던 여성의 목소리였다.

이렇게 '동트기 전에' 한 생명이 히로시마에 태어나고, 한 생명이 죽어갔다······는 구리하라 사다코 씨의 『낳지 않을라우』라는 작품도 알게 되었다.

체르노빌의 천진난만한 어린이의 눈도, 텅 빈 소녀의 눈동자도 알아버렸다.

"늙은이는 짐만 될 뿐입니다. 저는 무덤으로 피난하겠습니다."

그렇게 적고 스스로 목숨을 끊었던(끊을 수밖에 없었던) 후쿠시마의 90대 여성의 한도 알아버렸다.

먼젓번 전쟁. 아득한 어린 시절 열이 나면 들일을 중단하고 어머니가 이마에 손을 짚어 주셨다. 그 손에 스며 있던 희미한 거름 냄새를 맡으며 전사한 10대 소년도 알아 버렸다. 신슈의 무곤칸(無言館, 2차 세계대전에서 전사한 미술학도를 기리기 위해 나가노에 설립한 미술관_옮긴이)에 전시된 그림을 남긴 젊은이들의 존재도 알아 버렸다.

'자기들이 전쟁에 나가기 싫어서' 안보 법안에 반대한다며, 항의 집회를 계속하는 SEALDs(Students Emergency Action for Liberal Democracy의 머리글자. 자유롭고 민주적인 일본을 지키기 위한 학생 주도 모임_옮긴이)의 젊은이들을 야유하고 무시하던 36살의 의원. 언론에 본때를 보여주기 위해 광고를 내지 못하게 하겠다고 공언하던 정치가. 오키나와의 2대 신문(내가 애독하는 신문들이지만),《류큐신문》과《오키나와 타임즈》를 '문 닫게 해 주겠다'고 엄포를 놓았던 사람.

그리고 종전 전날인 8월 14일 총리의 '70년 담화'. 네 개의 핵심어는 담았지만, 모두 과거 역대 총리의 말로 소개되고, '나'라는 주어가 보이지 않던 알맹이 없던 담화……

당랑거철이라는 건 알고 있다. 그러나 이들을 못 본 척 하는 건 나에게는 도저히 불가능한 일이다.

분노의 에너지

1장에서 '어른'이란 일정 나이가 된다고 자동으로 되는 게 아니라고 반성을 담아 썼다. 거기에 자신이 사는 사회에 대한 책임에서 도망치지 않는다는 내용도 '어른'의 조건 중 하나로 덧붙이고 싶다.

원전 반대와 전쟁 관련 법제에 대한 반대 등 나는 이른바 사회활동이라 부르는 이런저런 활동에 몸담고 있다. 동일본 대지진 이후 그 활동 일정은 좀 더 빡빡해졌고, 강연과 시위로 전국을 누비는 나날이 이어지고 있다. 애초에 이 사회는 우리가 만들었다! 불만이 있다면 자신에게 말해라! 내가 자신에게 하는 말이다.

앞에서 이야기했듯 체르노빌 원전 사고 이후(정확히는 스리마일섬 원전 사고 이후), 원자력 발전해 반대해 왔지만 내 목소리는 전해지지 않았다. 내 노력도 부족했다.

"왜 그렇게 온갖 일에 열정을 쏟으시나요?"

이따금 질문을 받곤 한다. 내가 내달리는 원동력은 바로 '분노'다. 그리고 그 분노의 뿌리는 한 곳에 있지, '온갖 일'이 아니다. 한 생명(어느 사회, 어느 국가에서나)을 경시하고 인권을 침해하는 이들에 대한 분노다.

여태까지 나는 '권력자가 하는 말은 믿을 수 없다'고 생각하며 살아왔다. 전쟁 전에는 물론, 전후 70년을 맞이하기까지, 권력이 시민의 목숨을 최우선으로 하는 상황은 단 한 번도 없었다고 믿는다. 그 분노의 불길이 잠잠해지기는커녕, 나날이 거세질 따름이다.

원자력 발전, 안보 법안, 개헌, 특정 비밀 보호법, TPP, 오키나와 미군 기지, 복지, 따돌림 문제……. 오늘이라는 시대는 호통을 치지 않고는 배기지 못할 일뿐이지만, 이 모든 일은 '지금' 시작된 게 아니다. 그렇게 썩은 뿌리를 잘라내지 않고 내버려 둔 책임은 우리에게 있다.

민주주의라고 하면서, 입헌주의라고 하면서, 우리는 시나브로 타인에게 맡기지 않았는가. 그에 대한 반성, 자신에 대한 분노도 원동력이다.

이의를 제기하는 건 나에게 특별한 일이 아니고, 오히려 '더 작고, 더 약한' 목소리를 내라고 내 한복판에 자리한 내면화된 반사신경이 시켜왔다. 70대가 되면 '그때 그렇게 하면 좋았을 텐데……' 하고 후회할 여유 따위 남지 않는다.

나와 마찬가지로 작고 약한 존재를 짓밟아온 사회에 대한 '분노'가 내 등을 떠밀어 주었다.

물론 '용서'도 살아가는 데 있어 중요하다. 그러나 '절대 용서할 수 없는 일'도 있다. 내 활동의 기본에는 '용서할 수 없는 일에 대한 무관용'이 자리하고 있다. 피하지 않고 같은 생각을 지닌 사람과 함께 항의 행동에 나서는 일은 나에게 지치지 않는 원동력이 되어 준다.

약속을 지킨다

'그때 그렇게 하면 좋았을 텐데…….'

누구나 하는 후회를 나 역시 몇 번이고 되풀이해 왔다. 아직 어머니가 살아계시던 시절, 마음 한구석을 확실하게 차지하고 있던 망설임이 있었다.

'내 행동으로 어머니를 힘들게 한 건 아닐까…….'

'만약 내가 죽으면 홀로 남은 어머니는 어떻게 사실까.'

한순간도 후회를 떨쳐내지 못했다. 그러다 어머니를 보내고 '언제 죽어도 여한이 없다'고 생각하는 지금, 집회나 강연, 시위에는 최대한 참여해 목소리를 내고 있다.

솔직히 동일본 대지진 이후의 자신을 '지금까지 잘도 버텼다'고 생각한다. 주위에서 '언제나 힘이 넘친다'는 말을 듣는 나도 나이를 먹으며 약해지고 체력적으로 한계를 느끼고 있다. 자각할 수 있는 증상이 없다고도 할 수 없다. 그러나 일흔이 되면 많든 적든 다들 그렇게 산다.

몸이 중요하다는 사실은 잘 안다. 무리해서 쓰러져서 다른 사람에게 폐를 끼치고 어쩔 수 없이 일정을 변경해 누군가의 일거리를 늘리고, 그러다 차츰 활동에서 멀어져 뒷방 늙은이 신세가 되어 간다……. 그런 사태는 피해야 한다. 그래도 '약속은 지켜야 한다'며 꾸역꾸역 참가한다. 누군가를 위해서가 아니라 나를 위해서다.

"나이도 나이이니 이제 좀 일을 줄이고 쉬셔도 괜찮아요."

나이를 생각해서 이제 좀 쉬라는 말을 들을 때도 있다. 한창 간병에 몰두하던 시절에는 내가 벌인 갖가지 항의 활동 중 몇 가지를 쉬기도 했다. 일정을 전혀 잡을 수 없었기 때문이다. 당시 같이 활동하지 못했다는 죄책감도 있다. 지금이라도 벌충하고 싶다는 마음도 있다. 선배들이 나이를 먹고 무리할 수 없는 상황이 되며 미력하나마 짐을 나누어지고 싶다는 생각도 든다.

지금 나에게 사회활동 영역은 늘려야 하는 일이라 그만큼 다른 무언가를 줄이고 있다. 나름대로 그때그때의 '확장 공사'와 '축소 공사'를 앞으로도 계속해 나가리라.

예를 들면 내 쾌락 중 하나인 수면을 축소했다. 수면시간은 확실하게 줄어들고 있다. 휴식도 마찬가지다. 또 크레용 하우스에 머무는 시간도 예전보다 짧아졌다.

그래도 나는 확장과 축소를 계속해 나가리라. 역시 나를 위해서다.

그게 미래의 자손들, 이미 태어난 아이들은 물론, 아직 태어나기 전인 생명에 대해, 어른이 조금이나마 질 수 있는 책임이라고 생각하기 때문이다.

뒷수습하기

감당할 수 없다는 말을 영어로 'uncontrollable'이라고 표현한다는 걸 알고, 제일 먼저 원자력 발전을 떠올렸다. 그리고 우리가 '수습하지 못한 채' 오늘날까지 끌고 온 일본이라는 나라의 역사가 있다. 원자력 발전에도, 이 나라의 역사에도 정면에서 바라보고 인식해야 하는 '과거'가 있다.

내 안에도 이 일들을 '수습하지 못한 채' 내버려 두었다는 후회가 있다. 1960년 일본에서는 안보 투쟁이 벌어졌다. 당시 나는 15살로 시위에 참여하지 못하고 라디오로 뉴스를 듣는 게 고작이었다. 1970년 안보 투쟁 때는 라디오 방송국에 근무하던 시절이라 취재하는 측에 있었다. 그 당시 나는 설령 시위를 탄압하는 쪽에 서지 않았더라도, 주제에서 벗어난 엔터테인먼트 방송을 내보냄으로써 아주 조금이나마, 사람들의 관심을 핵심에서 멀어지게 하는 일에 힘을 보탰는지도 모른다.

　원자력 발전에 관해서도, 체르노빌 원전 사고가 일어나고 얼마 지나지 않아 줄줄이 일어나는 다른 문제로 초점을 옮기느라, 원전 반대 운동을 처음처럼 지속하지 못했던 내가 있다. 언론매체가 보도를 줄여나가는 흐름에, 받아들이는 쪽의 한 사람으로서 무의식적으로 편승했는지도 모른다. 그리고 후쿠시마 원전 사고가 터졌다. 이번에야말로 그런 과거를 '청산하고 싶다'는 결심이 '안녕 원전 1,000만 명 행동 운동'의 발기인으로 가담한 이유다.

　나는 1945년 일본이 패전하던 해에 태어났다. 나와 같은 세대 사람들은 이 나라 전후의 역사를 보았다는 경험과 동시에 지금까지 우리는 권력에 맞서 한 번도 '승리하지 못했다'는 한도 공유하고 있다. 나처럼 과거를 청산하고 '수습하고 싶다'고 시위와 집회에 참석한 같은 세대도 많다.

　각자의 차이를 넘어서, 다른 부분을 도려내거나 없애지 않고 부드럽게(너무 빡빡하지 않게. 빡빡한 상태는 답답하다) 이어지고 싶다. 진심으로 그렇게 생각한다.

　또 운동 방식도 조금이라도 바꾸어 나가고 싶다는 바람도 있다.

　신입 회원이 언제 어디서든 들어올 수 있는 운동, 늦게 온 사람들이 죄책감을 느끼지 않는 운동으로. 윤리와 감정 중 어느 한쪽에 치우치지 않고 쌍둥이바람꽃처럼 두 개의 꽃자루가 나와 각기 꽃을 피우는 운동이다. 집회나 시위 현장에서 대기실 마련이나 차 준비가 언제나 여성의 몫으로 떨어지지 않는 평등한 운동이다. 또 개인 참가자도 꾸어다 놓은 보릿자루 신세가 되지 않는 운동이다.

어디까지 할 수 있을지 알 수 없다. 그러나 해보지 않으면 할 수 있을지 없을지 알 수 없으니까! 그렇게 내 등을 떠밀고 있다.

이 나이가 되어서야 다시 만난 사람

시위나 집회에 오는 사람들을 살펴보면 요즘에는 젊은이들도 눈에 띄지만(대환영!), 기본은 50대 이상이다.

"왕년에 학생운동 좀 했습니다."

아무래도 과거 운동권 세대가 많다.

"후쿠시마 원전 사고 이후 지금 우리 사회가 이상하다는 생각이 들더군요. 그러다 어느 순간 포기하고 살던 자신을 깨달았어요."

동일본 대지진을 계기로 사회 운동에 눈을 뜨게 되었다는 분도 만난다.

이번 7월 안보 법안에 반대하는 집회와 시위에서 몇십 년 만에 만난 대학 시절 친구가 나에게 말을 걸었다. 학창 시절에는 시위 따위에 절대 얼굴도 비치지 않던 친구였다. 손을 흔드는 그의 모습을 발견하고 처음에는 누구인가 싶었다.

"어이, M 아니야?"

"맞아."

"오래간만이네."

"그래, 정말 오래간만이다."

"반갑다."

우리는 힘차게 악수했다. 그런 '재회의 순간'도 항의 행동이 주는 선물이다.

그 친구뿐만이 아니다. 내가 방송국에서 일하던 시절 디렉터였던 여성은 정년퇴직 후에 크레용 하우스에서 열리는 '원자력 발전과 에너지를 공부하는 아침 교실'에 거의 매일 참가하고, 모임에서 들은 이야기를 주위 사람들과 공유하기 위해 직접 스터디 모임까지 만들었다.

회사에서 요직을 맡은 남성들은 현역으로 일하던 시절에는 우리 주장에 거의 귀를 기울여 주지 않는다. 그러다 은퇴하고 나면 '옳소' 라며 고개를 끄덕여 주는 경우가 늘어난다. 줄곧 회사만 보고 살던 사람이 조직을 떠났을 때, 여태까지와는 다른 '풍경'이 탄생한다. 혹은 잠들어 있던 무언가가 되살아나는 감각일 수도 있다.

어느 목요일 밤 열 시 반이었다. 삼십 분만 있으면 크레용 하우스 안에 있는 오가닉 레스토랑은 문을 닫는다.

저녁은 어떻게 할까. 집으로 돌아가 그때부터 저녁 준비를 하기에는 귀찮았다.

크레용 하우스에 전화를 걸었다.

"아직 손님이 계셔서 폐점 시간을 살짝 미뤘어요. 그래도 식사 시간에는 맞추실 수 있어요."

고맙게도 직원의 반가운 목소리가 돌아왔다. 부리나케 내달려 가까스로 도착했다.

안쪽 자리에 젊은이 세 명이 앉아 담소를 나누고 있었다. 원래 내가 만나는 사람의 대다수가 젊은이거나 나보다 나이가 어리다. 청결한 분위기가 감도는 친구들이었다.

그중 한 청년이 말을 걸었다. 매주 목요일 저녁에 시작하는 SEALDs 중심 항의 행동에 참여하고 집에 돌아가는 길이라고 했다. 모두 30대로 대학에 근무하고 있단다.

"우리 학교 학생들도 참여하고 있거든요. 걱정도 되고 학생들 마음도 이해가 가고 저희도 마침 같은 생각이라. 그래서 목요일 저녁에는 저희도 최대한 항의 행동에 참여하고 있습니다."

집에 돌아가는 방향은 각자 다르지만 '어차피 밥은 먹어야 하고, 기왕 먹을 바에야 생각이 같은 크레용 하우스에 가서 먹자'는 생각에 우리 가게에 들른 모양이었다.

"다음에 또 만나면 내가 한 턱 낼게요."

아들 또래 청년들의 존재에 힘을 얻은 밤이었다.

어른의 책임

안타깝게도 우리가 사는 동안에는 원자력 발전 등의 문제에 '매듭'을 짓지 못할 수도 있다.

올여름도 무더위가 기승을 부렸다. 그래도 원자력 발전소를 하나도 가동하지 않고 여름을 넘길 수 있을 터였다. 그러나 가고시마 센다이 원자력 발전 1호기가 재가동되었다. 다음에는 또 어디를 재가동할 계획일까. 이러다 다음 사고가 일어나는 건 아닐까? 불길한 예감에 휩싸여 밤잠을 설쳤다. 우선 즉각 폐로해야 할까. 설령 '폐로' 쪽으로 '매듭'을 짓는다고 해도, 지금 있는 문제가 모조리 해결되는 건 아니다. 쌓이고 쌓인 '핵폐기물'은 어떻게 처리해야 할까? 방사능 오염을 제거하는 현재의 제염 작업은 오염을 여기저기로 옮길 뿐이라는 주장도 있다. 지금도 집에 돌아가지 못하는 후쿠시마 지역 주민은 앞으로 어떻게 해야 할까. '전원 귀가'라며 '진군 나팔'을 부는 정부와 수많은 자치 단체. 그동안 관련사(關聯死, 슬프고 너무 잔혹한 용어지만)라 부르는 상태에서 특히 고령자가 세상을 떠나고 있다.

아무리 반대를 부르짖어도 상대방이 너무나 강력해, 코끼리와 맞서는 개미와 같은 허무한 심정을 맛보고 있다.

치안유지법 시대에 반전을 주제로 한 센류(川柳, 풍자나 해학을 특징으로 하는 짧은 정형시_옮긴이)를 줄기차게 읊다가 스물아홉 살에 세상을 떠난 쓰루 아키라의 센류를 떠올린다.

튀어 오르게 두고 비늘을 벗기는 솜씨
맑은 샘에 모범 여공의 슬픈 말로
개미핥기를 물어 죽이고 죽은 개미

어차피 언젠가 죽는다면 개미핥기를 '물어 죽이고' 죽지 않겠는가. 아니, 상대는 물어 죽이고 이쪽은 보란 듯이 살아 주겠다며 코웃음 치는 밤이 있다.

'이상하다'고 생각한 일에 '이상하다'고 말하지 않으면 미래 세대에게 고스란히 대물림할 수밖에 없다. 아직 선거권이 없는 젊은 세대의 미래를 멋대로 주무르는 정치에 이의를 제기하지 않고 어떻게 어른이라고 할 수 있을까.

　'젊은이들을 전장에 보내고 싶지 않다'고 말하는 사람이 있으면 반사적으로 '감정론이다'라고 비판받는다. 그러나 한 사람의 어른으로서 자신의 자식과 손주 세대가 휘말릴 위험을 뻔히 내다보면서도 못 본 척 하는 행위는 어른으로서 의무에 불성실한 게 아닐까. 피붙이인 '내 자식'에 한정되는 이야기가 아니라 어른인 이상, 다음 세대에 대한, 미래에 대한 책임이 있다.

젊은이는 어른을 보고 있다

SEALDs와 T-ns SOWL(틴즈 소울, 고등학생을 비롯한 10대가 안보 법안에 반대해 만든 모임_옮긴이)을 비롯해 젊은이들이 고군분투하고 있다. 곧잘 '요즘 젊은 애들은 사회성이 부족하다'는 말을 듣곤 하는데, 그런 말을 들을 때마다 어처구니가 없다. 보고 있으면 가슴이 벅찰 정도로 그들 깜냥으로 열심히, 자신들이 '이상하다'고 생각하는 일에 NO라고 주장한다. 이 기특한 젊은이들은 자신들의 주장을 펼치기 위해 공부도 게을리하지 않는다.

　일본 정치가 이대로 가다가는 그 결과를 모조리 떠안는 건 그 무렵에는 이 세상에 없을 우리가 아닌, 젊은이들이다. 하지만 자기 일로 생각하고 항의 행동에 발을 들이는 사람은 아직 소수파다. 그들에게 들은 바로는 학교에서 정치적인 이야기를 하면 비웃음을 당하는 경우가 있다고 한다.

그건 우리 어른들이 져야 하는 책임 중 하나다. 이상한 일에 '이상하다'고 목소리 내기를 포기한 어른들의 모습을 보면 젊은이들은 이의 제기 자체가 녹록지 않다고 생각하게 마련이다.

'다음 세대의 생명을 위해'는 반드시 구호로 내세워야 하는 문구다. 물론 나도 '다음 세대를 위해서'라고 생각한다. 그러나 누군가를 위해서가 아니라 '나를 위해' 나는 목소리를 높인다. 이상한 일에 '이건 아니다'라고 말할 수 있는 어른으로 살고 싶다. 내가 목소리를 내는 건 달리 말하면 나 자신을 배신하지 않기 위해, 그리고 자신에게 실망하지 않기 위해서이다.

말의 힘

내가 존경하고 사랑하는 시인 이시가키 린과 인터뷰를 했던 이야기는 다른 곳에서도 여러 번 글로 썼다. 말에 관한 이야기다.

"말은 권력으로 너덜너덜하게 찢긴 우리 마음을 보듬어 주고 감싸주는 붕대와 같은 역할을 한다. 동시에 우리를 찢어발기려는 강력한 힘에 맞서는 칼이 될 수도 있다……."

40년도 넘은 일이라 한 글자 한 글자 정확하게 기억하고 있는지 자신은 없으나 시인의 진심은 훼손하지 않았다고 믿는다.

각각의 '지금'에서 이시가키 린 시인이 이야기한 의미를 곱씹어 보는 내가 있다.

동일본 대지진 이후 '안녕 원전 1,000만 명 행동 운동'과 '전쟁하지 않는 1,000만 위원회'의 발기인을 맡았을 때도 마음속에는 이시가키 린 시인의 말이 있었다. 발기인이라고는 하나 어영부영하다 보니 막상 여태까지 제대로 한 일은 거의 없다.

그러나 더는 미적거리고 만지작거릴 여유가 없다. '어차피'라는 허무주의에 매몰되거나 움츠러들 시간이 없다. 발기인으로서 사용할 말을 소중히 하고 싶다. 그리고 문제를 해결로 이끌어줄, 때로는 절망에서 희망의 가교를 놓아줄 말을 하고 싶다. 고인이 되신 이노우에 히사시(일본의 대표적인 반전주의 소설가이자 극작가로 '일본의 셰익스피어'라는 별명으로 존경받았다. 만년에는 자신의 장서로 도서관을 만들어 운영하는 등, 2010년 폐암으로 별세할 때까지 자신의 신념을 실천하는 삶을 살았다_옮긴이) 씨가 늘 하시던 말씀이 있다.

어려운 것은 쉽게, 쉬운 것은 깊게,

깊은 것은 재미있게, 재미있는 것은 진지하게,

진지한 것은 유쾌하게, 그리고 유쾌한 것은 어디까지나 유쾌하게……

집회에 나가 연설을 하려고 연단에 설 때 무슨 말을 해야 좋을지 항상 고민한다. 가능한 공유할 수 있고 강인하며 섬세한 말로 전하고 싶다.

한여름에 집회가 열리면 연사로 나서는 우리가 무대에 서는 건 고작 몇 분, 나머지는 천막 아래 그늘에 앉아 자리를 채우는 게 전부다. 그동안 전국 각지에서 모인 사람들은 땡볕 아래에서 불볕더위와 싸우며 우리 이야기를 듣고 있다. 그런 소중한 사람들에게 적당한 말로 때울 수는 없지 않은가.

대규모 집회는 야외에서 열릴 때도 많아 아무래도 목소리가 잘 전달되지 않아 현장에 있는 모든 사람이 알아듣기 쉬운 말로 전달해야 할 필요도 있다. 앞사람 이야기가 길어져 10분 분량으로 준비한 연설을 3분 만에 끝내야 할 때도 있다. 하고 싶은 말을 줄이는 게 긴 원고를 쓸 때보다 더 어렵다. 내 어휘력의 한계와 마주해야 하는 시간과 공간이란……

이노우에 히사시의 '어려운 것은 쉽게'

2015년 '5·3 헌법 집회'에서도 연단에 서서 무슨 이야기를 해야 할지 좀처럼 갈피를 잡지 못해 그날 아침 내내 무척 우울했다. 그러다 대선 배이신 사와치 히사에 님과 요코하마 현장에 가던 길에 앞에서 소개한 이노우에 히사시의 말을 떠올렸다.

그러고 보니 이노우에 히사시의 마지막 작품이 된 음악 평론극 『조곡 학살』에서는 주인공 고바야시 다키지의 입을 빌려 이렇게 말했다.

…… 절망하기에는 좋은 사람이 너무 많다. 희망을 품기에는 나쁜 녀석이 너무 많다. 그물 같은 걸 짊어지고 절망에서 희망으로 다리를 놓는 사람이라도 있는 걸까 (중략) …… 아니, 없는 것은 없다.

'그래, 이걸 소개하자'고 생각하고 이노우에 히사시의 말 뒤에 "우리도 아무리 작아도, 자괴감이 들 정도로 사소한 일이라도 절망을 희망 쪽으로 옮기는 메신저가 됩시다"라는 구절을 덧붙여 연설했다.

그날 밤 집회에 참석했던 사람에게 "저도 어젯밤 『조곡 학살』의 그 구절을 생각했습니다"라고 적힌 이메일을 받았다.

이노우에 히사시가 말한 '어려운 것은 쉽게……'는 말처럼 쉽지 않은 일이지만, 이런 식으로 사회에 던지는 물음을 말을 통해 많은 사람과 조금이나마 공유할 수 있다고 믿는다.

전해지는 말을 찾는다

대학을 졸업하고 라디오 방송국에 입사해 아나운서가 되고, 그 후 줄곧 글을 썼으니 나는 요컨대 말로 먹고사는 '전문가' 축에 속했지만, 솔직히 지금만큼 말을 열심히 공부한 적은 없다.

발기인이 되고 나서 내 발언은 물론, 내가 쓴 글에 관해서도 상당히 예민해진 구석이 확실히 있다. 만약 내가 실수를 저지르면 저런 실수를 하는 사람이 주도하는 운동이라며, 다른 발기인들에게 그리고 함께 운동하는 사람들에게 누가 될 수 있다. 노파심일 수도 있겠지만, 사소한 실수에도 신경을 한껏 곤두세우고 조사에 투자하는 시간도 늘렸다.

원래 글 쓰는 속도가 빠른 편이고, 특히 어머니를 간병하던 시절에는 스스로도 놀랄 정도로 빠른 속도로 원고를 썼다. 그러다 지금은 '여기서 삐끗하면 낭패다'라는 생각에 짤막한 칼럼 하나를 쓰는 데도 시간이 곱절로 걸린다. 물론 나이 탓도 있다.

'원전 반대', '집단적 자위권 반대' 등을 외치다 보면 폭력적이라고 해도 좋을 정도로 거친 말로 비판받고 막말을 들을 때가 많다. 그래도 괘념치 않는다. 누군가 귀가 따갑다고, 지긋지긋한 소리 좀 그만 늘어놓으라고 해도 어쩔 수 없다.

살갑게 대해 주시던 수필가인 故 오카베 이쓰코 선생님도 반전·반핵이라는 입장을 확고하게 주장하던 분이다.

건강하시던 시절 전화로 이야기를 나누다 선생님이 "오늘 아침에도 우편함에 협박장이 들어와 있더라"고 침울해하시면서 "그래도 이런 게 오는 한 내가 아직 건재하다는 생각이 들어"라고 우아한 말투로 말씀하셨다. 정말로 옳은 말씀이다.

나도 내 생각을 바꾸지 않으리라. 만약 생각을 바꾼다면 그건 내가 바꾸고 싶을 때이다. 외부 압력으로 바꿀 생각은 없다. 다만 내 말솜씨가 부족해(때로 지나쳐) 아직 입구에서 망설이고 있는 사람에게 전해지지 않는다고 반성한다. 물론 반대편에 있는 사람에게도. 의견이 다른 사람에게 어떻게 내 생각을 전해야 할지, 참으로 어려운 일이다. 앞으로도 꾸준히 방안을 모색하는 수밖에 없다.

책장에 가네코 이사오의 가집 『무지경』이 꽂혀 있다. 나가노에 사는 가네코 씨를 직접 뵌 적은 없다. 가네코 씨의 가집은 작가인 이데

마고로쿠 씨가 보내 주셨다. 이따금 꺼내 들고 되풀이해 읽는 가집 속에 다음과 같은 작품이 있다.

나라가 망하고 유일하게 얻은 것은 '현 헌법'과 시로야마 씨의 유지뿐이니

나라 안팎으로 수많은 희생자를 낳은 지난 전쟁. 그래도 우리는 전쟁으로 현재의 헌법을 손에 넣을 수 있었다……는 뜻을 담은 노래다. 노래 속의 시로야마 씨는 작가인 시로야마 사부로(『일본 은행』, 『가격 파괴』 등의 경제 소설로 이름을 얻은 소설가로, 일본에 경제 소설이라는 분야를 개척했다. 평소 '전쟁으로 얻은 건 헌법뿐이다'라는 말로 전쟁 반대와 평화의 메시지를 주장했다_옮긴이)를 가리킨다.

자신에게 다가간다

시위에 나가면 나보다 연배가 높은, 전쟁을 경험한 세대도 참여해 경험에서 우러난 생생한 목소리를 들려주신다. 한편으로 전쟁을 경험하고도 '징병제를 실시하라'고 주장하는 사람도 있는 현실을 생각하면,

무엇이든 경험하는 게 최고라는 주장이 옳지만은 않다고 새삼 생각하게 된다.

경험을 어떻게 내면화할지, 동시에 자신이 경험한 일을 어떻게 널리 알려 사회에 환원할지가 중요하다. 즉 경험의 개인화와 보편화가 이루어지지 않으면 경험 그 자체에는 아무 의미가 없다.

예컨대 오키나와 밖에 사는 우리는 무엇을 할 수 있을까. 그런 마음을 담아《마이니치신문》(2015년 4월 10일 자)에 「오키나와 사전」이라는 시를 썼다.

오키나와 사전

그대여

전 세계의 가엾은 사람을 더욱 생각하라

내 자식? 어느새 늙으신 부모님? 배우자?

반년 전부터 여러분 마음에 자리를 잡은 그 사람?

나여

마음 깊은 곳에 켜켜이 쌓인 분노 굴욕 통곡

지나간 나날에 당한 차별의 기억을 그러모아

그 모든 것이 오키나와 한 사람 한 사람에게

지금도 여전히 존재한다

그녀들은 당신일 수도 있다 그는 나일 수도 있다

오키나와의 사전을 펼치자

2015년 4월 5일 겨우 찾아온 사람이

몇 번씩 사용한 '엄숙하게'

오키나와 사전에서 따와 고지엔(広辞苑, 일본의 이와나미 출판사에서 발행

하는 사전으로 일본에서는 사전의 대명사로도 사용_옮긴이) 사전도 국어사전도

그 의미를 바꾸어야 한다

'민의를 짓밟고', '아픔에 대한 상상력이 결핍된 채', '거만한 태도로'

라고

처음 오키나와를 찾은 시기는 히칸자쿠라 벚꽃이 피는 계절

선물 대신 들고 돌아온

시장 아주머니가 가르쳐 주신 그 말

'난쿠루나이사(なんくるないさ-)'

어떻게든 되겠지 – 라는 뜻이다 문득 건네는 웃음

그 후 혼잣말처럼 되뇌었다.

그렇게라도 생각하지 않으면 살 수 없었다

몇 번째의 오키나와 아름다운 조가비와 함께 선물 받은 말

'누치두 타카라(ぬちどぅたから)'

관저 근처 항의 행동

오키나와 나고시에서 온 여자들은

후쿠시마를 위한 연대를 같은 말로 표현했다

'누치두 타카라, 생명보다 소중한 것은 없다!'

"상상해 보세요"

속눈썹이 긴 섬의 고등학생은

존 레논의 노래처럼 조용히 말했다.

"일본 국토 면적의 0.6퍼센트밖에 되지 않는 오키나와에

주일 미군 전용 시설의 74퍼센트가 있어요

우리 집을 멋대로 점령하고 우리는 쓰지 말라니

선거 결과를 짓밟는 게 민주주의인가요?

본토에 오키나와란?

본토가 보기에 우리는 뭔가요?"

올곧은 눈동자에 갑자기 차오른 눈물

숨이 막혀 나는 바다로 눈을 돌린다

그러나 마음은 도망칠 수 없다

2015년 4월 5일 지사는 말했다

"오키나와가 직접 기지를 제공한 적은 없다"

그러자 '가슴이 뜨끔'한 본토의 우리는 신음한다

한 지붕 아래 사는 가족 한 사람에게 숨어

다른 가족은 모두 맛있는 음식을 먹는다

그 비겁함이 그 잔혹함이 우리 가슴을 후벼 판다

오키나와 사전에 있고

본토 사전에 실리지 않은 말이 또 있을까?

그래서 우리는 자신과 약속한다

저 섬 아이들에게

젊은이들에게 아주머니에게 아저씨에게도

함께 걸어 달라고, 기도와 저항의 순간을

평화에 거는 하나하나가

'엄숙하게' 허물어지는 현재

가로막자 우리가

정정당당하게 맞서는 데 망설임은 필요없다

일본에는 오키나와 기지와 집단적 자위권, 안전 보장 문제를 '나와 동떨어진 일로 관계없다'고 생각하는 사람도 있다. 그러나 내가 사랑하는 것, 빼앗기지 말아야 할 것이 무엇인지 똑똑히 생각해 보자. 또는 나에게 소중한 것을 무턱대고 부정당하거나, 상사가 공을 독차지하거나, 내 잘못이 아닌데 책임을 추궁당하거나, 부당하게 치별받았다고 느꼈던 굴욕적 경험을 떠올려 보자. 그런 일들을 하나하나 생각하다 보면 오키나와의 오늘, 그리고 과거가 눈에 들어온다. 미래 역시.

개인이 자신의 경험을 바탕으로 상상력의 나래를 펼칠 수 있다면 이루 헤아릴 수 없이 많은 깨달음을 얻을 수 있다. 만약 많은 사람이 그렇게 경험의 개인화와 보편화를 거듭한다면, 생활 습관으로 자리 잡는다면, 이 뒤숭숭한 시대의 물길을 저지할 수 있을 터이다. 아주 약간의 상상력만 가지면 충분하다. 어려운 책을 읽을 필요도 없다.

아주 약간의 자발적인 상상력만 가질 수 있다면!

자기규제는 하지 않는다

「오키나와 사전」을 신문에서 보신 존경하는 신카와 가즈에 시인에게 팩스를 받았다.

신카와 선생님은 여성이 지금보다 훨씬 표현의 자유를 억압받던 시절에 「나를 묶지 마세요」라는 시로 '나는 나'라는 사실을 표현해 시를 통해 여성 해방을 뒷받침하고 힘을 실어주신 분이다.

팩스에는 선생님 세대는 전쟁을 아는 세대이면서 전쟁 중 치안 유지법으로 체포된 윗세대 사람들을 수없이 보았기에, 권력 비판에 무척이나 몸을 사렸다는 내용이 담겨 있었다. 그러고 보니 신카와 선생님도 그 세대 중 한 분이셨다는 생각이 새삼 든다.

전쟁 전에는 군이 말할 것도 없고 전후에도 권력에 이의를 제기하면 본보기로 모종의 탄압을 받았을 가능성이 있다. 그 시대를 곁눈질하며 신카와 선생님은 '나를 묶지 마세요'라고 주장하셨다. 그렇게 생각하면 시 한 편을 또 다른 각도로 읽을 수 있다.

표현자(表現者)는 표현의 자리가 없어지는 게 무엇보다 두렵다. 하지만 설령 그 순간이 오더라도, 도저히 이것만은 양보할 수 없다는 부분에 관해서는 과감하게 대처하고 싶다. 그렇게 살아온 선배들에게 부응하기 위해서라도, 앞으로 그렇게 될지도 모를 다음 세대에 전하기 위해서라도.

그러나 아무리 생각이 있어도 각자의 생활이 있고, 안고 있는 사정도 각기 다르다. 그래서 어쩔 수 없이 일시적으로 뜻에 뚜껑을 덮고 봉하는 사람도 있을 수 있다. 또 표현자로서 일부러 정치적, 사회적인 일에 목소리를 내지 않는다는 노선을 선택하는 사람도 있다.

각양각색. 하지만 '이건 아니다'라는 생각이 드는 일에 모두가 침묵하면 이윽고 자유롭게 발언할 수 없는 시대가 오고, 바람직하지 못한 형태로 목숨을 잃는 시대가 오고 만다. 그건 우리가 지나온 역사에서 배운 교훈이다.

집회 연단에 올라갔을 때 청중 속에 확연히 이질적인 사람이 있을 때도 있다. 하지만 그 사람에게 신경을 쓰다가 하고 싶은 말을 하지 않는 건 '자기규제'에 해당한다. 말하자면 '자기검열'이다. 지금과 같은 활동을 하건 하지 않건 사람의 목숨에는 한계가 있으니, 하고 싶은 말이 있다면, 해야 할 말이 있다면, 나는 말에 뚜껑을 덮고 싶지 않다.

신카와 선생님의 팩스 말미에 적힌 내 머리 모양을 표현하는 '갈기, 항상 건강하기를'이라는 한 마디에 엉겁결에 웃음이 터지고 말았다. 친애하는 신카와 선생님의 격려는 나에게 소중한 보물…….

하고 싶은 말을 하는 행복

"죄송합니다.", "그 일은 힘들겠네요."

업무상 들어오는 일을 거절하는 경우가 적지 않다. 젊었을 적에는 거절하는 말이 입 밖에 잘 나오지 않았는데 나이를 먹으니 한결 수월해졌다.

지금 나는 하고 싶은 말이 '10'이라면 10에서 8, 9는 말한다. 상대방이 권력자라면 15는 말해야 직성이 풀린다.

하지만 젊을 때는 달랐다. 특히 회사원 시절에는. 나에게 젊음이란 불편하고 부자유스럽고 불안정한, 지내기 거북한 나날이었다.

당시 나는 검은 옷을 즐겨 입었다. 차분한 색이라는 생각도 있었고 '어쨌든 원숙해 보이고 싶다'는 마음에 나름대로 허세를 부렸다는 점도 부정할 수 없다. 같은 이유로 '귀여운 스타일'의 옷에는 좀처럼 손이 가지 않았다.

22살의 봄. 나는 라디오 방송국에 입사해 아나운서가 되었다. 지금도 별반 달라지지 않았다는 이야기를 듣곤 하는데, 어쨌든 젊은 여자 아나운서라고 하면 남자 아나운서 옆에서 "맞습니다"라고 고개를 끄덕이며 맞장구나 치면 그만이라는 생각이 강하던 시절이었다. 여자니까, 남자니까, 라는 성별만으로 업무가 정해지는 건 역시 이상하다.

고집스럽게 그 역할을 부정하고 "제 생각은 다릅니다"라고 당돌하게 말하는 상황이 늘어나자 "저 여자 아나운서를 갈아 치우라"며 청취자들의 항의가 빗발치기도 했다.

'암탉이 울면 집안이 망한다'며 여자가 의견을 말해도 들어주지 않던 시대도 있었다. 그게 사무치게 억울했다. 회사 생활을 해본 여성이라면 대개 어딘가에서 비슷한 경험을 한 적이 있으리라.

회사에서 흔히 듣는 '우리 팀 아가씨'라는 말에도 거부감이 들었다. "당신네 아가씨가 아닙니다"라고 유치하게 반항하기도 했다. 또 남성들이 친근함을 표현할 양으로 어깨를 두드리기라도 하면 "내 몸에 손을 대도 좋다고 내가 허락한 남자 이외에는 손을 대지 말아 주셨으면 좋겠습니다"라고 정색을 하고 달려들어 상대방을 아연실색하게 한 적도 있다. 만지지 말라, HAND OFF 선언은 나이나 경력과 무관하다. 지금, 그 시절의 나를 만난다면 말해주고 싶다.

이런저런 일이 있었지만, 그 시절 '너'는 그 정도면 할 만큼 했어. 수고했어!

이따금 정말로 달라졌을 수가, 달라질 수가 있을까, 라고 마음에 묻는다. 여자를 둘러싼 시대는 달라진 부분도 있지만 변함없는 부분도 있으리라. 성희롱, 갑질, 정신적 폭력이나 학대는 지금도 여전히 존재한다. 명백한 인권 침해다. 그런 일들에 반기를 드는 것도 역시 나의 중요한 '일'이고 내 역할이라고 믿는다.

삼십몇 년 전에 얼렁뚱땅 제목을 붙인 『더 레이프』(성폭행을 당한 여성이 재판에서 변호인 등에게 2차 가해를 당하는 모습과 남자친구와의 미묘한 관계 변화 등을 그린 사회파 인간 드라마. 성폭력은 1차 가해에서 끝나지 않고 1차 가

해를 처벌하는 과정에서 2차 가해로 이어지며, 피해자의 인간관계 전체를 뒤흔들어 놓을 수 있다는 메시지를 전달했다_옮긴이)라는 소설이 있다.

모든 것은 지배와 피지배의 관계를 응축한 것으로, 오늘날 사회에도 그것을 희석한 비뚤어진 관계성이 존재한다. 그런 관계가 존재하는 한 나는 계속 목소리를 내리라. 누구를 위해? 피해자를 더는 늘리지 않기 위해서이기도 하고, 내가 마음 편히 살기 위해서다.

불평불만은 배제한다

입만 뻥긋하면 '건방지다'고 몰매를 맞고 문제아로 낙인찍히는 과정에서 젊었던 나는 그 당시 분위기에서 3밖에 말하지 못하거나, 기껏해야 5 정도를 말하는 게 고작이었다. 지금도 잊지 못하는 쓰라린 경험이다.

'괜히 나서서 분위기 싸하게 만들지 말고 지금은 일단 맞춰주는 척이라도 하는 게 낫다.'

그 말에 일리가 있다는 걸 알았기에 적극적으로 반대 의견을 말하지 않고, 하고 싶은 말은 억누르고 주위에 맞추려고 고군분투했다. 그런 시절도 있었다. 그러다 서서히 그런 자신을 용납할 수 없게 되었다.

그래서 빨리 '어른'이 되고 싶었다. 나름의 경력을 쌓아 내 생각을 딱 부러지게 주위에 전하고 싶었다.

나이를 먹어 지금은 아무런 주저 없이 하고 싶은 말을 한다. 누군가에게 상처를 주는 말인지 아닌지에는 신경을 쓰지만, 그래도 하고자 하는 말이 진지하다고 생각할 때에는 말을 골라가며 전하려고 노력하고 있다.

화장실에서 뒷말을 수군거리거나 술집에서 투덜투덜 불만을 늘어놓으며 한풀이를 하면 기분은 어느 정도 풀릴 수 있다. 하지만 그래서는 아무것도 달라지지 않는다. 할 말을 하지 않는 건 상대방에 대한 불성실이며, 무엇보다 자신에게 불성실한 행위다.

내가 책임질 수 있다는 홀가분함

자신의 행동에 책임을 지겠노라고 다짐하면 솔직하게 전할 수 있다.

나이를 먹고 은퇴해 가족에 대한 책임도 홀가분해지면 내 일은 내가 책임지는 정도로 충분하지 않을까. '회사에 폐를 끼칠 수 있다', '나만 바라보고 사는 가족은 어떡하지'라는 생각으로 마음을 졸일 필요도 없고, 하고 싶은 말을 자유롭게 할 수 있다는 건 나이를 먹으며 얻는 선물이다.

내가 서른한 살에 회사를 그만두고 크레용 하우스를 시작했을 때, '앞으로 내가 쓴 글과 내가 한 말로 회사나 상사를 괴롭힐 일이 없다'라는 더할 나위 없이 홀가분한 기분을 느꼈던 순간을 기억하고 있다. 동시에 앞으로 책임져야 하는 입장이 되었다는 반증이기도 하다.

회사원으로 사노라면 '여기까지는 허용된다'는 테두리가 아무래도 눈에 들어온다. 그 틀을 벗어나고 싶던 나는 때로 생방송이라는 돌이킬 수 없는 자리에서 내 의견을 말했다. 당연히 시말서를 써야 할 때도 있었다. 당시 다섯 장이면 끝장이라는 말을 들었는데 네 장을 썼던 기억이 있다.

용케 회사는 나의 돌출 행동을 받아주었고 상사 운도 따라 주었다. 당시 어지간히 큰일이 아니면 회사가 대신 책임져 주었다. 편하기도 했고 동시에 부자유스럽기도 했다. 어쨌든 회사가 책임진다고 생각하면 역시 '자신을 억눌러야 한다'는 브레이크가 작동한다.

회사를 그만둔 순간 책임은 무겁지만 얼마나 자유로운지, 내 손안에 들어온 자유에 경악했다. 내 일은 내가 책임진다. 실패해도 스스로 '수습'한다. 스스로 다짐한 새로운 약속이었다.

표현은 '강자'도 될 수 있다

내가 젊었던 시절은 여성이 이의를 제기하면 '시끄럽다', '나대지 말라'고 구박을 받던 시대였다. 캐롤린 하일브런의 『여자들에 대한 글쓰기』에 다른 금기보다 여성에게 더욱 금지된 일에 분노를 느낀다는 구절이 있었다. 내 말을 덧붙이면 여자가 금지당한 일에 분노를 표명하는 행위 역시 금기시되던 시대가 길었다.

언제나 무언가에 대한 위화감을 안고 있던 나는 분노를 드러냈다가 누군가를 기함하게 하는 상황을 반복했다. 당시에는 드물었던 여성의 정체성이었기에 언론에서도 희한한 여자인 나를 취재한답시고 벌떼처럼 몰려들기도 했다. 그게 또 내 분노에 불을 붙이는 원인이 되었다.

아침 출근길에 전철 안에서 기사가 눈에 들어왔다. 만난 적도 없는 사람과 내가 '결혼!'한단다. 내가 혼외자라는 사실을 스캔들이랍시고 실었던 기사. 그걸 보고 당연히 분노가 치밀었다. 주위에서는 '언론에서 다루는 건 잘나가는 유명인이라는 증거'라며 참으라고 했다. 내 생각이 제대로 전해지는 경우는 거의 없었다.

기사 내용에 오류가 있으면 그때마다 신문사에 내용 증명을 보냈다. 주위에서는 뭘 그리 매사에 깐깐하게 구냐며 피곤하게 살지 말라고들 했다. 그러나 다른 사람에게는 대수롭지 않은 일이라도 나에게는 '대수로운 일'이었다.

당시 상당수 기자가 나보다 연배가 위였다. 그래서 '젊은 아가씨니까 이 정도는 괜찮겠지'라는 생각도 작용하지 않았을까. 그건 젊은 여성에 대한 차별이 아닌가. 여기서도 분노하는 내가 있다. 내가 라디오 방송국에서 일하던 언론 종사자였기에 상대방에게는 '같은 업계 사람끼리 잘 알면서 왜 그래!'라는 일종의 공범 의식도 있었으리라.

설령 짧은 기간이라도 세간의 쏟아지는 관심을 영리하게 활용하는 길도 있었을 수 있다. 그렇지만 "속옷 색깔은?" 따위의 쓸데없는 질문을 받거나(엄연한 성희롱이다!), 진실이 아닌 내용으로 기사가 나가는 와중에 왜 이런 일이 생길까, 라는 생각을 하지 않을 수 없었다.

당시는 '우먼 리브(woman's lib)'라고 부르던 여성 해방 운동 시대로 페미니즘이라는 용어는 사용하지 않았다. 언론에 여성의 관점은 빠져있음을 절실히 느꼈다. 여성의 시점, 다시 말해 사회 구조적으로 '목소리가 더 작은 쪽에 다가가는 시점과 자세'다.

젊었던 나는 한때나마 몸담았던 언론에 발기발기 찢어지며 상처받았다. 그러나 한편으로 그런 경험은 언론매체와 인권에 관해 생각하는 계기를 마련해 주었다.

표현되는 쪽에서 바라보면 표현할 수 있는 쪽에 있는 사람은 편집자이건 기자이건 강자다. 나도 '표현되는' 쪽에서 보면 강자 중 한 사람이 아닐까. 그 인식이 아팠다.

　글을 쓰거나 무언가를 말할 때 몹시 움츠러들었다. 직접 확인하지 않으면 말할 수도, 글로 쓸 수도 없다고 생각한 것도 그 무렵이다. 직접 확인했다손 치더라도 과연 전모를 얼마나 파악했는지를 곰곰이 생각해 보고는 또 한 번 위축되곤 했다.

미디어의 부자유

텔레비전은 영향력이 큰 매체다. 우리 시청자는 '텔레비전으로 전할 수 없는 이야기도 있다'는 사실을 인지해야 한다. 이는 모든 언론매체에 공통되는 사실이다.

　원전 반대 시위가 좋은 예다. 체르노빌 원전 사고가 일어난 후, 실제로는 일본 여기저기서 시위가 벌어졌지만 극히 일부만 보도되었다. 언론은 '있었던 일'조차 깡그리 지워버릴 수 있다. 후쿠시마 원전 사고 이후에는 그나마 원전 반대 운동 양상을 조금이나마 다루어주게 되었다. 그런데 지금 또 '없었던 일로 만들자'는 방향을 향해 수상한 물밑 작업이 이루어지는 분위기라 우려를 금할 수 없다.

　뉴스에서 다루어주지 않으면 실제로 그 일이 벌어질 때 주위에 있던 사람들밖에 알지 못한다. 안보 법제 반대를 위해 몇천 명, 몇만 명이 모여봤자 못 본 척하면 그걸로 끝이다.

고로 뉴스는 공정하지도 공평하지도 않다. 공정하지도 공평하지도 않은 뉴스를, 태연한 얼굴로 제공한다는 사실 자체가 문제 아닐까. 편향 보도도 물론 문제지만, 뉴스로서 다루어주지 않는 것도 편향 그 자체다.

뉴스가 되지 않는 뉴스도 있기에(전쟁 전이나 전쟁 중처럼) 우리는 언론을 더욱 능동적으로 마주해야 한다.

막대한 광고료를 내는 광고주는 막강한 권력을 행사한다. 그래서 자신들의 뜻대로 움직여주지 않는 언론에는 '광고를 내지 않으면 그만'이라는 괘씸한 말을 하는 기업이 나온다.

2014년 총선거에서도 현 정권에 보도의 공정성을 요구하는 서면이 부간사장 등의 연대 서명으로 각 텔레비전 방송국에 보내졌다. 공평·공정, 말은 좋다. 그러나 그들이 요구하는 공평·공정이란 자신들에게 불리한 발언과 인터뷰는 내보내지 말라는 뜻이며, 불공평·불공정을 강요하는 것밖에 되지 않는다. 텔레비전이 허가제라는 현실도 이러한 공평·공정을 가장한(빤히 들여다보이지만) 요청이라는 이름의 강요가 횡행하는 이유다.

뉴스는 뉴스가 되어서야 비로소 뉴스로 존재할 수 있다. 보도되기 전에 이미 취사선택이 이루어진다. 외부에서 압력이 가해지기도 하고 자기 검열이 이루어지기도 한다.

인터넷 시대라고 해도 텔레비전의 영향력은 막강하다. 주류의 목소리와 다른 '이런 의견도 있습니다'라고 손을 올리는 사람이 화면 속에 있다는 사실 자체가 중요하다. 만약에 반대 의견을 제시하는 사람이 텔레비전에 나오지 않으면 텔레비전은 권력자의 목소리를 대신하는 대변인으로 전락하고 만다. 이미 일본에서는 슬슬 그런 조짐이 보인다.

나는 텔레비전에 나와 진행자가 제지하지 않는 아슬아슬한 선에서 소신을 밝히는 보기 드문 시사평론가와 앵커를 보며 마음속으로 열심히 응원을 보낸다. 그들의 의견에 찬성한다는 내용을 담은 팩스나 이메일을 보내는, 행동하는 시청자도 중요하다.

신문에는 양측 주장을 모두 싣는 경향이 있다. 어떤 사건에 대해, 가령 특정 비호 법안에 찬성하는지 반대하는지를 각각의 입장에서 논평하고 대체로 같은 분량의 기사를 싣는다.

얼핏 공정해 보이지만, 한편에는(찬성파) 권력이라는 뒷배가 있다. 어느 쪽 의견이 강력할까. 어느 쪽 영향력이 더 클지는 명명백백하다. 나는 그래서 자기검열의 한 형태로 이 양측 주장을 한 지면에 다 싣는 방식을 두려워한다.

이러한 '회피'가 시민의 생명과 생활을 위협하는 상황도 있음을 지난 전쟁을 통해 우리는 배웠을 터이다.

미디어 리터러시(Media literacy)

애초에 신문과 텔레비전이 한통속인 국가는 전 세계를 둘러보면 그다지 많지 않다. 일본에서는 요미우리신문 계열, 후지·산케이 계열, 아사히 계열처럼 신문과 텔레비전이 하나의 회사에 속해 있다(우리나라의 종편처럼 신문사가 방송국을 거느리고 있고, 신문사 산하에 출판사와 각종 언론·출판 관련 기업이 소속되어 있다. 일본 종편은 한국보다 훨씬 강력한 영향력을 행사하는 주류 언론이다_옮긴이). 사람들은 자신이 늘 접하는 언론매체가 자신의 코드와 맞는 신문이나 방송국 계열이라면 그곳에서 전하는 소식을 무턱대고 '옳다'고 믿는 경향이 있다.

우리는 역사에서 배워야 한다. 과거 전쟁 시절, 대본영 발표(태평양전쟁 당시, 일본 육군부와 해군부에서 전시 상황 등을 공식적으로 발표하던 내용. 지금은 전혀 신뢰할 수 없는 엉터리 허위 보도, 황색언론을 일컫는 말로도 사용_옮긴이)를 있는 그대로 믿고 "일본이 이겼다. 일본이 전쟁에서 승리했다"고 기뻐 날뛰던 사람이 많았다. 그래서 어떤 일이 벌어졌는지를 생각하면 '언론이 하는 말은 반드시 옳다'는 명제가 얼마나 잘못되었는지를 이해할 수 있으리라.

언론을 절대적으로 신뢰하지 않는 자세가 중요하다. 좌우를 이분법적으로 나누는 이데올로기식 분류와 무관하게 어떤 언론이 전하는 뉴스라도 '정말일까?'라고 한 번은 의심하고 나서 나는 어떻게 생각하는지, 자신의 관점을 되짚어 보는 자세를 유지해야 한다.

지금은 한 가지 언론만 접해도 충분한 시대가 아니다. 다양한 매체를 접하고 그중에서 정보를 어떻게 선택할지가 필요하다.

나는 라디오를 좋아해 지금도 일주일에 한 번은 라디오 방송이나 특집을 맡곤 한다. 예전에 하던 일이라 몸에 익기도 했고, 라디오에는 자유롭게 의견을 말할 수 있는 분위기가 아직 남아 있다고 느끼기 때문이다. 텔레비전과 비교해 라디오가 영향력이 적은 매체이기 때문일 수도 있다.

내가 담당하는 프로그램에서는 소개하는 책도 선곡도 내 마음대로다. 아직은 그 어떤 검열이나 압박도 들어오지 않는다.

"괜찮겠어? 내가 무슨 말을 할지도 모르는데."

검열이 들어오는 순간 나는 프로그램에서 하차하리라. 시원하게 들이박고 하차하겠다! 그것도 하나의 방법이고, 끈질기게 '최소한 이 정도는 전하겠다'고 꾸준히 할 말을 하는 방법도 있다. 성격적으로 나는 전자에 해당하고, 글을 쓸 때는 한 문단에 한 줄, 라디오라면 수십 초라도 내 생각을 이야기할 수 있으면 그걸로 족하다고, 생각이 서서히 바뀌고 있다. 어디까지 계속할 수 있을지 가늠할 수 없기에 어떤 의미에서는 게릴라전이라고 할 수 있다.

동일본 대지진 직후 텔레비전보다 라디오가 피해자의 생활에 얼마나 도움이 되었는지를 알고 있기에 지금은 레드카드를 받을 때까지 라디오에 계속 나가고 싶다.

실제로 함께 프로그램을 제작하는 사람은 아슬아슬한 수위에서 내가 던지는 공을 받아주고 있다. 나도 확실하게 받아주고 되돌려 주고 싶다. 2015년에 들어서며 오키나와 특집과 8·15 특집 등을 진행했다. '광고를 빼서 망하게 해주겠다'고 협박하는 사람의 막말도 방송 생활을 오래 하다 보면 으레 듣게 되는 말이다.

그림책과 관련된 짧은 프로그램을 오랫동안 담당하기도 했다. 이 프로그램도 추천 도서와 선곡을 온전히 나에게 맡기고 있다. 덕분에 시대의 흐름을 보아가며 필요하다고 생각되는 그림책과 음악에 초점을 맞출 수 있다. 지금처럼 계속할 수 있다면…… 나는 앞으로도 하던 일을 계속해 나가리라.

아직 사용자의 한 사람으로서 인터넷 뉴스도 본다. 신문과 텔레비전에서는 보도되지 않는 원전 반대 시위와 오키나와 헤노코 신 미군

기지 건설 반대 운동, 각각의 현장에서 일어나는 사건도 인터넷에 흘러나오고 있다.

SNS는 하지 않지만, 일단 블로그에는 글을 올리고 있다. 다만 두세 달 블로그에 글을 올리지 않는 공백이 종종 이어지기도 해서 쪽지나 이메일로 "어디 편찮으세요?"라는 안부 인사를 받기도 한다.

나는 활자를 한결같이 사랑하나, 앞으로도 줄곧 활자에만 매여 사는 시대가 이어지리라고는 생각하지 않는다. 확실히 인터넷에는 불확실성이라는 부정적 요소가 뒤따른다. 그러나 구더기 무서워 장 못 담근다고 그 불확실성을 두려워해서는 안 된다.

기존 언론의 입지가 좁아진 상황에서 인터넷을 더욱 현명하게 활용해야 하리라. 기존 언론도 더욱 분발하고, 활용할 수 있는 자원은 최대한 활용해야 한다. 요컨대 우리 각자가 주체가 되어 언론과 어떻게 마주하고, 새로운 시대의 언론을 어떻게 키워나가야 할지를 생각해야 한다.

'올바름'이라는 좁은 틀

우리 세대가 신물이 나도록 지긋지긋하게 경험한 실수가 있다. 사회적 활동은 그 시작은 바람직했을지라도 어느 시점에서 내부에서 대립하고 분열이 일어난다. 활동을 주도하는 사람들이 '내 생각이 옳다'는 고집을 버리지 않기 때문이다. 물론 쇠 힘줄 같은 질긴 고집 없이는 권력과 맞설 수 없는 상황도 이해할 수 있다.

권력과 대기업처럼 큰 힘에 맞서 반대의 목소리를 내면 이런저런 리스크를 감수해야 한다. 그래서 열심히 활동에 투신하는 사람들은 대개 '부자'와는 거리가 멀다. 그래도 '반대한다'고 계속 목소리를 내는 사람과 나는 함께하고 싶다. 또한 '우리가 이렇게 열심히 하고 있다', '이렇게 많은 것들을 희생하고 있다', 그러니 우리가 '옳다'는 방식으로는 활동의 범위를 넓혀갈 수 없다는 생각도 든다.

책상 위에서와 정치적 시위만으로 존재하는 운동은 영역 확장도 깊이도 기대하기 어렵다. 평범하게 생활하는 한 사람으로서 공감할 수 있는 무언가 없이는 많은 사람의 참가를 유도하기 힘들다. 그래도 나는 그들과 함께하고 싶다. 낄 데 안 낄 데 다 끼는 사람이라는 말을 듣더라도 "이거 좀 이상하지 않아요? 같이 생각해 봅시다", "곧 사다리를 걷어찰 것 같아요", "사다리를 튼튼하게 받쳐주고, 떨어지면 받아줄 수 있는 그물망을 마련해야 하지 않을까요"라고 말하면서.

정의가 무엇인지를 정의하는 순간에 내가 어디에 속해 있는지에 따라 눈에 들어오는 풍경이 달라진다. 그리고 정의를 외치는 사람들은 어느 편에 서더라도 왕왕 너무 열정적이다. 때때로 거리를 두고 '여전히' 뜨거운 자신에게 문득 웃음을 건네는 심리적 여유가 필요하다. 이 부분은 어느 정도 반성을 담고 있다.

현실은 무거워도 싸울 때는 가볍게. 웃을 수 없는 상황에서도 싸울 때는 밝게. 설령 웃음이 나오지 않는 상황에서도 지나치게 뜨거워진 자신의 온도를 살짝 낮추고, 하루하루의 생활을 담담히 보낸다는 생각을 잊지 않고 싶다.

정의를 요구하는 분노는 밖으로 향해도, 그 에너지가 너무 강렬하면 자신을 태우기도 한다. 그러므로 평소 생활을 소중하게.

내가 마음을 놓을 수 있는 순간을 가져야 한다고, 그게 내가 평소 실감하고 통감하는 깨달음이다.

존경하는 '멋진 어른들'

라디오 방송국에 다니던 시절부터 이유 없이 주목받아 특별대우를 받으면 몸 둘 바를 몰랐다. 지금도 시위나 집회에 참여했다가 누군가 아는 척을 하면 당황스럽다. '붙임성이 없다'는 말을 들을 때도 있다.

만약 내가 웃는 얼굴로 살갑게 인사를 받아준다면 '시위 현장이라고 마냥 살벌하지는 않구나. 시간이 있으면 다음에도 나와 볼까'라고 생각하는 사람이 한 명이라도 늘 수 있다. 그렇다면 나를 바꿀 가치가 있다고 생각한다. 그런 의미에서 내가 조금이라도 '멋진 사람'이 되어야 한다고 살짝 부끄럽지만, 일정 부분 책임을 느낀다.

　실제로 내가 계속 목소리를 낼 수 있었던 데는 '멋진 어른들'이 닦아놓은 길에서 뒤를 따른다고 느꼈기 때문이다. 예전에 그 선배가 명랑하고 다정하게 새내기였던 나를 반가이 맞이해 주었기 때문이다.

　이번 장에서 이름을 언급한 이시가키 린 선생님, 오카베 이쓰코 선생님, 신카와 가즈에 선생님, 모두 내가 진심으로 존경하는 분들이다.

　사와치 히사에 선생님도 당신의 시선을 목소리가 더 작은 쪽에 두셨다. 그래서 좋든 싫든 권력과 맞서야 했다. 80대 중반의 나이에도 옳지 않은 일에는 옳지 않다고 목소리를 내는 올곧은 강인함에 그저 고개가 숙여질 따름이다.

　이분들은 권력에 아첨하지 않고 바짝 엎드리지 않고 말을 소중히 여긴다는 공통점이 있다. 나는 이 선배들의 말씀을 읽고 베껴 쓰고 그분들의 등을 바라보며 내가 갈 길을 모색해 왔다.

　나보다 훨씬 앞장서 내가 가는 길을 걸었던 대선배들은 언제나 반

짝이는 빛을 잃지 않는 참된 '어른' 여성들이다. 나는 앞으로도 이 대 선배들을 바라보며 걸어가리라. 이미 고인이 되신 분들은, 그분들이 남긴 말씀을 몇 번이고 되풀이해 음미하며.

그리고 나도 조금이나마 멋진 '등'을 후배들에게 보여주고 싶다.

물려받아 전해지는 것

처음 크레용 하우스를 시작했을 무렵에는 "아버지도 최대한 육아에 참여합시다"라고 굳이 말로 주장해야 하던 시절이었다. 그런데 어느 순간 젊은 아버지가 자연스럽게 아이들과 어울리는 모습이 평범한 풍경이 되었다.

레스토랑에서 식사할 때 아빠가 포크로 콩을 으깨 어린아이 입에 넣어 주는 모습을 보게 된다. 숟가락으로 국물을 떠서 호호 불어 먹이거나, 울고 떼쓰는 아이를 번쩍 들어 안고 밖으로 데려가 "다른 분들이 식사하시는 곳에서는 조용히 해야지"라고 차분하게 타이르기도 한다. 엄마가 장을 보는 동안 아빠가 아기를 돌보거나 기저귀를 갈아 주는 모습은 이제 흔히 볼 수 있는 일상의 한 풍경으로 자리 잡았다. 사뭇 달라진 아버지들의 모습을 보면 '확실히 시대가 변하고 있다'는 생각이 들어 흐뭇해진다. 한 사람 한 사람이 흐름을 구체적으로 바꾸어 가고 있다.

그래서 조바심을 내서는 안 된다고 마음을 다잡는다. 원전 반대 운동도 오키나와 미군기지 문제도, 아무리 발버둥을 쳐도 해결의 기미조차 보이지 않아 포기하고 싶어지는 순간이 있더라도, 신념을 올곧게 유지하면 조금씩 무언가가 분명하게 바뀌고 '꿈'이라고 생각했던 일이 언젠가 현실이 될 수 있다.

내 바람은 누구나 직업과 인종, 성별 등으로 차별이나 부당한 대우를 받지 않고 각자 '자신의 색'으로 빛날 수 있는 그런 사회다. 그야말로 '꿈같은 이야기'라는 말을 듣지만, 꿈이라도 좋으니 일 밀리라도 실현하고 싶다.

우리가 다음 세대에 물려주기를 포기하지 않는다면 그들이 새로운 형태로 '자신의 색'을 빛낼 수 있는 사회로 가는 배턴을 이어받아 줄 터이다. 그런 꿈을 꾸며 나는 오늘도 목소리를 높인다.

5장

생활의 끝맺음

_생활, 이 사랑스럽고 그립고
그러나 때로 지긋지긋한 말.
〈Good Morning Heartache〉라도 들으며
생활과 마주해 보자.

공간을 원래대로 되돌리기

일흔 살이라는, 인생을 정리하는 '도움닫기 시기'를 맞이해 내 일상을 어떻게 간소하게 꾸려갈지가 중요한 주제로 떠올랐다. 이른바 생활의 '끝맺음'이다. 나도 예외는 아니다.

나는 동서양을 막론하고 도자기를 좋아하고, 옻칠 공예 작품에도 마음이 끌린다. 하지만 더는 세간을 늘리지 않겠다고 결심했다! 크고 작은 다양한 그릇이든 바리든 꽃병이든 컵이든 컵 받침이든 다기든, 아끼지 않고 꺼내 평소에 사용한다. 가능한 일상생활에서 활용처를 늘리고 싶다. 장식장에 고이 모셔두는 취미는 없다. '갖고 싶다'고 말하는 지인에게는 선뜻 내어준다. 쓰임새가 있어야 그릇도 기쁘다.

수집벽은 없는 편이라고 생각한다. 수집에 드는 에너지가 나에게는 too hot, 너무 뜨겁기 때문이다. 그래도 야금야금 늘어난다. 그림과 판화도 마찬가지다. 지인의 개인전에서 사들인 물건들이다.

액자에 넣어 벽에 걸거나 방 모퉁이에 세워두고 평소에 실컷 즐기다가 좋아하는 사람이 나타나면 선물한다.

지금까지 소중하게, 그러나 신줏단지 모시듯 모셔두지 않고 사용하던 물건이 내 주위에서 사라져가도 쓸쓸함은 느끼지 않는다. 언제까지 소유할 수는 없는 노릇이다. 이시가키 린 시인의 「표찰(表札)」의 한 구절처럼 '이윽고 화장터에서 가마에 들어가는' 순간, 그것들을 가져갈 수는 없다. 그래서 아껴주는 사람에게 무사히 보내줄 수 있다면 기쁘다.

원래 물건이 없는 단순한 공간을 좋아하는데 슬금슬금 물건이 늘어나 정신을 차리고 보니 맙소사, 소리가 나올 지경이다.

또 하나 깨달았다. 무언가를 '내 것'으로 삼으려고 할 때는 자각하지 못해도 스트레스가 쌓였을 때다. 정신적으로 충만한 때는 '갖고 싶다'는 욕망도 그다지 생기지 않고 물건도 늘어나지 않는다.

모든 욕망에서 해방되었다고 단언할 수 없으나, 해가 갈수록 '갖고 싶다'는 생각이 줄어들며 원래 내가 좋아하는 '아무것도 없는 공간'을 조금씩 되찾아가고 있다.

그림과 장식이 서서히 사라져도, 채반 위에 잘생긴 가지와 오이가 각각 가지색과 오이색으로 빛나고, 토마토는 토마토색으로 빛나는 모습만 보아도 멋진 그림이고 장식이다. 실제로 채소는 넋을 잃고 바라볼 정도로 아름답다. 줄곧 곁에 두고 싶을 정도다. 오이는 쌀겨에 소금을 넣고 발효시켜 장아찌를 담그거나, 식초에 간장과 맛술을 넣어 만든 양념에 미역과 함께 넣고 조물조물 버무린다. 가지는 된장 양념으로 맛깔스럽게 볶아내고, 토마토는 샐러드로 만들어서 내 뱃속에 넣어둔다. 가까이에 제철 채소만 있어도 소박한 방에 계절의 바람이 지나간다.

정리 책을 읽어도 정리할 수 없다

"온갖 물건을 이고 지고 사는 생활 자체가 스트레스다."

"최대한 심플하게 살고 싶다."

말은 이렇게 하지만 문제는 내가 정리정돈에 소질이 없다는 데 있다. 이 세상에 정리정돈이 없다면 얼마나 행복할까!

"그럼, 그냥 다른 사람한테 맡기세요."

정리습관이 없어 골머리를 앓는 나를 보고 누군가가 말했다. 남의 손에 맡기더라도 우선 청소부터 해야 한다. 그게 문제다.

어느 정도 몸을 만들지 않고는 민망해서 피트니스 센터나 수영장에 갈 수 없다는 사람과 같은 심리다.

그래도 깔끔하게 정리하고 나면 속이 다 후련하다. 하지만 그 상태가 오래가지 않는다는 것은 앞에서 이야기했다.

정리정돈은 내일로 미뤄서는 안 된다. 머리로는 알지만 금세 '그냥 내일 하자'고 마음이 바뀌고 만다. 아무리 졸음이 쏟아져도 아무리 피곤해도 그날 안에 해치워야 하건만 말처럼 쉽지 않다. 한때 열심히 찾아 읽던 정리정돈 관련 책도 아이러니하게도 정리되지 못한 채 거실과 침실 침대 아래에 굴러다니고 있다.

빨래는 사랑한다. 문제는 딱 말리는 단계까지만 좋아한다는 데서 발생한다. 파란 하늘 아래에서 요트의 돛처럼 펄럭이는 하얀 셔츠 등을 홀린 듯 바라본다. 아무리 보아도 질리지 않는다. 그런데 거두어들인 빨랫감을 깔끔하게 개켜서 제자리에 넣어 두는 단계에 이르면……. '에라, 모르겠다. 대충 구석에 처박아 두자'가 되고 만다. 빨래를 개켜서 치우려고 했는데 갑자기 손님이 들이닥치거나, 급한 일감이 들어왔다거나, 나름대로 이유는 있지만 요컨대 이 나이까지 정리정돈이 몸에 배지 않아 이 모양이라는 말이다.

액세서리도 매한가지다. 깔끔하게 수납해둔 것 같았는데 어느 날 보니 모조리 한 덩어리로 뭉쳐져 한 가지를 꺼내려고 하니 이리저리 뒤엉켜 난리가 났다. 꼭 바쁠 때 그 모양이다. 중간쯤 잡고 당겼더니 야속하게 줄이 툭 끊어져 버린다.

'아, 이런 생활은 바람직하지 않다.'

진심으로 반성하지만, 반성만으로 끝나니 문제다. 반성은 해놓고 정작 정리는 하지 않는다. 그러다 보니 내 목걸이와 브로치는 대개 닫힌 서랍장에서 계절을 나고 잠들어 있다.

업무용 책상도 엉망진창이다. '깔끔하게 정리된 상태보다 적당히 어지럽혀져 있는 책상에서 일이 더 잘 된다'고 둘러대며 정리정돈을 미루고 있다.

정리정돈은 스위치가 켜졌을 때!

평소에도 워낙 정리정돈에 소질이 없고 손끝이 야물지 못한 나는 쌓아두었다가 한꺼번에 해치우는 수밖에 없다. 항상 아슬아슬하게 어지럽혀진 상태로 내버려 두었다가 '더는 손 쓸 수 없는 지경'에 이르면 어느 날 갑자기 '정리!' 스위치가 '탁'하고 켜진다.

애착이 있는 물건을 버리는 데 거부감을 느끼는 사람도 있다. 나는 버리는 일 자체는 의외로 태연하게 해낸다. 쓰레기봉투를 산더미처럼 끌어안고 낑낑대며 쓰레기장에 들고 간다. 주기적으로 정리 스위치가 켜지다 보니 쓰레기를 수거하는 분이 '저 집은 수시로 사는 사람이 바뀌네. 또 이사 나가나 보다'라고 오해해도 할 수 없다. 뭐라 할 말이 없다.

언제 정리정돈 스위치가 켜질까. 나도 예측할 수 없다. 뜬금없다. 도저히 참을 수 없는 지경이 되어야 스위치가 켜진다. 스위치 ON. 깨끗하게 치우고 돌아서자마자 곧장 스위치가 다시 켜질 때도 있다.

한 번 스위치가 켜지면 '그냥 챙겨 두고 싶었던 물건'도 단호하게 쓰레기봉투행. 나중에 '그냥 챙겨 둘 걸 그랬다'고 후회할 때도 있지만, 엎지른 물을 다시 주워 담을 수는 없는 법이다.

정신없이 어지럽혀진 상태를 곁눈질하며 '정리해야 하는데……'라고 계속 생각만 하는 것도 스트레스다. 차라리 '정리하자!'고 스위치가 켜질 것 같을 때 스스로 타이른다. 이대로 이 집에서 쓰러지면 어쩌지? 그렇게 자문하면 '내일 하자!'가 '오늘 안에 해치우자!'가 된다.

그게 정리정돈이 서툰 내가 물건의 '끝맺음'과 마주하는 방법이다.

단순하게 꾸민다

예전에 충동구매로 내달렸던 적이 있다. 쇼핑 중독과 비슷했다.

특히 50대 중반에 어머니 간병을 시작했을 때는 스트레스 발산의 의미도 있었는지 마구잡이로 물건을 사들였다. 당시에는 어쨌든 가게에서 마음에 드는 물건이 눈에 띄면 '지금 사지 않으면 나중에는 사지 못한다'는 희한한 충동이 스멀스멀 치밀어 올라, 같은 디자인에 색만 다른 옷을 사재기한 적도 있다. 그때는 어쩔 수 없었다고 자기변호에 나서 보지만, 충동적으로 사들인 물건이나 가끔 무슨 바람이 부는지 평소 내 취향과 동떨어진 생뚱맞은 물건을 사면 어쩌다 한 번은 손이 가도 그 이상은 걸치지 않게 된다. 아깝다.

간병을 끝내고서는 그런 식으로 물건을 사는 버릇은 없어졌다. 새로 사서 늘리지 않고 전부터 가진 것들을 나름대로 조합해 입는 예전의 방향으로 정착했다. 그런 시간적 여유가 생겼다고 말할 수도 있다.

옷뿐 아니라 소품도 마찬가지다. 더는 필요하지 않다고 자연스럽게 생각하게 된 내가 지금 여기에 있다.

어깨가 뭉치기도 했고 나이를 먹을수록 무거운 장신구는 걸치지 않게 되며, 점점 단순하게 한 꺼풀씩 벗어나가고 있다.

액세서리든 옷이든 '갈무리'해 두려면 나름의 에너지가 필요하다. 단순하게 살고 그 에너지의 낭비(라고 나는 생각한다)에서 해방되며 아주아주 홀가분하다.

마찬가지로 모양과 색이 멋져 보여 (충동적으로) 샀는데 한 번 신었더니 영 걷기 불편해 '신발장 신세'가 되고 마는 신발도 있다. 애초에 나는 발볼이 넓고 발끝이 좁아 굽이 가늘고 높은 구두는 어울리지 않고, 무엇보다 걷기 불편하다. 발이 편한 신발은 운동화나 샌들이다. 부츠도 종아리가 꽉 끼면 답답하고 더워서 사양하고 싶다. 이런 연유로 몸에 걸치는 것들도 정해져 있다.

신기하게도 동일본 대지진 이후 나는 학창 시절 차림으로 돌아갔다. 가을이면 터틀넥 스웨터 위에 남성용 셔츠나 두 사이즈 큰 체크 남방, 그리고 청바지 계열의 하의를 즐겨 걸친다. 봄이 무르익고 여름이 오면 남방이나 도톰한 면 셔츠가 리넨 소재로 바뀐다. 신발은 물론 운동화. 그러다 보니 옷 잘 입는 지인에게 계절이 바뀐 보람이 없다는 말을 듣기도 했다.

일 년에 한두 번은 옷장 속의 옷가지를 모두 꺼낸다

옷이란 게 참 희한하다. 옷가게 거울로 볼 때는 제법 괜찮아 보이다가 막상 집에서 입어 보면 "이건 아니잖아!"라고 외마디 비명을 내지르고 싶을 때가 있다. 스카프 같은 소품은 선물로 받을 때도 많아 방심하면 손 쓸 수 없을 정도로 늘어나 있다. 열에 아홉은 해외여행 선물이다. 나도 경험이 있다. 선물은 가벼운 게 최고다. 때로는 귀국 길 비행기 안에서 조달할 때도 있다. 볼일이 있어 해외로 나갔다가 선물을 고를 시간이 없는 와중에서도 사 들고 와준 물건이라 소중하게 사용했다. 그러나 언제까지고 쌓아두고 살 수는 없는 노릇이다. 이렇게 쌓인 옷과 신발, 액세서리와 스카프 등을 정리하고 일 년에 한두 번 친구와 지인을 모아 "마음에 드는 물건은 골라잡아 가져가라"며 날을 잡아 옷장을 공개한다.

어머니를 간병하던 때 겪은 어떤 사건이 계기가 되어 주었다.

어느 추운 겨울날 강연을 하러 나갈 일이 있었다. '감기 걸리면 안 되지'라며 모직 재질 목도리를 꺼내 목에 두르고 집을 나섰다. 그런데 몇 시간 후에 무대에 선 나를 앞줄에 앉은 사람이 유심히 바라보는 것이었다.

'내 얼굴에 뭐가 묻었나? 왜 저래?'

부랴부랴 내 매무새를 확인했더니 목도리인 줄 알고 집어 들었던 물건이 흔히 발토시라고 부르는 레그워머였다. 레그워머를 목도리처럼 목에 둘둘 감고 연단에 올랐던 셈이다. 안 그래도 목에 두르면서도 '왜 이렇게 짧아'라고 의아하게 생각하며 열심히 잡아당겨 야무지게 감았다. 마침 같은 색상에 소재까지 같은 목도리가 있어 더욱 착각할 수밖에 없었다. 이 이야기를 글로 쓸 기회가 있어 어느 곳엔가

실었더니 한 친구가 따끔하게 지적해 주었다.

"그만큼 네 옷장이 엉망이라는 증거야."

어머니 일만으로도 벅차 정리정돈에까지 신경을 쓸 여력이 전혀 없다고 변명 비슷하게 둘러댔다. 다행히 지금은 간병을 하지 않던 시기와 거의 비슷하게, 그나마 약간은 개선된 상태가 이어지고 있다.

그 레그워머 사건 이후 이 기회에 나쁜 버릇을 바로잡아야겠다고 결심했다. 그래서 연중행사로 '옷장을 공개하는 날'을 잡아 정리하게 되었다. 사실은 환절기마다 하고 싶은데, 어영부영하다 보면 일 년에 한두 번이 고작이다.

일 년에 한두 번이다 보니 분류도 쉽지 않다. 그래서 '더는 참을 수 없는 상태'가 되면 달력이 뚫어질 만큼 동그라미를 진하게 그려 놓고 '이날 못하면 너는 끝장이다!'라고 자신을 몰아붙여 단숨에 정리한다.

몇 번 하다 보니 친구들이 "슬슬 옷장 공개할 때 되지 않았어?"라고 먼저 물어봐 준다. 그러면 분류 작업 단계부터 친구들 손을 빌리고, 마음에 드는 물건은 분류 단계에서 가져가라고 부추긴다.

그러면 "VIP 대우는 언제든 환영"이라며 친구들이 너스레를 떨어 준다.

사이즈다운

옷장 공개 날 부르는 손님들은 대체로 나보다 어린 친구들이다. 내 나이가 되면 나잇살이 붙어 몸에 맞지 않는 옷도 그 친구들이라면 쑥 들어간다.

예를 들어 앞에서 보면 그럭저럭 봐줄 만한데 옆에서 보면 '도저히 봐주기 힘든' 옷도 있다. 내가 봐도 아니다 싶어 일 년 정도는 '내년이 되면 입을 수 있을지도 몰라. 살을 빼서 입어야지'라고 일단 챙겨 둔다. 결국 '내년'이 되어도 살을 빼지 못해 입을 수 없다.

어머니가 말씀하셨다.

"남에게 무언가를 줄 때는 서둘러야 한다. 사과든 귤이든 옷이든 내가 필요 없어졌을 때 주는 건 못 써. 미루지 말고 당장 줘야지."

그래서 디자인도 소재도 무척 마음에 들지만, 이번 시즌에 입지 않는 옷은 과감하게 가져가라고 내어준다. 꽉 끼는 옷도 마찬가지다. 몸이 들어가지 않는 옷은 어쩔 수 없다. 어찌어찌 몸을 욱여넣어도 '거울로 보는 옷발'이 별로인 옷도 어쩔 수 없다.

액세서리와 스카프, 신발 등 그 옷에 어울리는 소품도 한꺼번에 양도한다. 나는 한꺼번에 물건을 줄일 수 있고, 받는 사람도 몹시 기뻐한다. 내가 입었을 때보다 훨씬 멋지게 맞춰 입은 모습을 보면 주는 사람도 보람이 느껴진다. 내가 내어준 물건이 다시 새로운 매력을 발산하는 모습을 보면 가슴이 뿌듯하다.

'건강의 근원'은 줄이지 않는다

'물건을 줄이고 싶다'고 생각하면서 지금도 꾸준히 늘려가는 것이 있다. 바로 식물이다. 물론 '갖고 싶어' 하는 사람이 있으면 선물하고, 포기 나누기 시기가 오면 취미가 같은 친구에게 물어본다. 화분은 아무리 애를 써도 줄이지 못하고 있다. 아무래도 우리 집이 식물이 자라기에 적합한 주거 환경인 모양이다.

너무 잘 자라 3미터 넘게 자란 식물도 있다. 천장에 아슬아슬하게 머리가 닿아 가지를 쳐 줘야지, 라고 생각하면서도 멀쩡한 나무를 자르는 게 아무래도 마음이 내키지 않아 그냥 내버려 두었더니 장대처럼 자라버렸다.

변명이 아니라 식물에 관해서라면 어쩔 수 없다. 그들이 마음껏 우거지는 모습을 보는 게 즐겁기 때문이다. 그래서 제때 물을 주고 부지런히 손질도 한다.

식물은 내 건강의 원천이다. 식물이 자라는 모습은 생활의 활력소

다. 식물만은 '내가 살아 있는 동안에 필요한 에너지원'으로 내버려
두려 한다. 아마 건강이 허락하는 동안에는 줄일 수 없는, 사랑스러운
내 보물들이 아닐까. 집안에서 키우는 식물을 돌볼 수 없게 되면 누군
가에게 양도해야 하리라.

마음이 복잡해지는 '책'과 '편지'

역시 늘어나기만 하고 정리하지 못하는 물건이 또 있다. 바로 책이다.
워낙 책을 사랑하기도 하고 업무에 필요해 대량으로 쌓아놓기도 하다
보니 자꾸자꾸 늘어난다.

　우리 집에서 제법 넓은 방 두 칸. 각 방에 천장까지 닿도록 벽을 가
득 채우는 맞춤책장을 몇 개씩 설치했다. 책장만으로는 부족해 작업
실 바닥에도 책이 산더미처럼 몇 무더기나 쌓여 있다. 책더미에서 비
어져 나온 책은 다시 다른 방으로 들고 가다 보니 그 방도 금세 발 디
딜 틈 없는 상태가 되어 버렸다. 그밖에 창고에 맡겨 둔 책도 있다. 워
낙 양이 많아 정리할 엄두가 나지 않을 정도다. 유언장 항목에서도 책
을 어떻게 처분할지는 여전히 공백 상태다.

　다른 물건과 달리 책은 '가지고 싶다!'고 받아주는 사람을 좀처럼

찾을 수 없다. 기증할 곳도 마땅치 않다. 요즘에는 도서관도 기증 도서를 잘 받아주지 않아 이래저래 고민이다. 오랫동안 모아온 페미니즘 관련 헌책은 요즘은 어디서도 살 수 없는 책들이라 기왕 정리할 바에야 젊은 연구자에게 바람직한 형태로 양도하고 싶다. 절판되거나 구하기 어려운 책도 마찬가지다. 책에 '처분'이라는 말은 어울리지 않는다고 큰소리를 치며 그 많은 책을 끌어안고 살고 있다.

또 어떻게든 남기고 싶은 물건은 편지다. 편지만은 달라는 사람이 있어도 내주고 싶지 않다. 내가 사랑하고 존경하는 분들께 받은 편지는 한 글자 한 글자, 편지의 내용까지 마음을 울려 아무리 마음을 모질게 먹어도 버릴 수 없다. 평생 곁에 두고 싶다. 지쳤을 때 꺼내 들고 되풀이해 읽으며…….

그러나 내가 죽고 나면 이런 편지들을 어떻게 해야 좋을까? 마음에 걸린다. 남이 읽어서 곤란한 내용은 아니라 본인의 양해를 얻어 자료관 등에 기증할 수도 있겠지만……. 어떻게 해야 좋을까?

선택을 위한 '체'

물건뿐 아니라 무언가를 '정리'하려고 할 때는 '버리기'와 '챙겨 두기'

중 한 가지를 선택해야 한다.

무언가를 결정해야 할 때 나는 내 멋대로의 논리라도 수긍할 수 없으면 앞으로 나아가지 않는다. 하지만 논리로는 아무리 옳아도 아무래도 수긍이 가지 않는 일도 있다. 그럴 때는 논리가 아닌 감정에 답을 구하는 수밖에 없다. 매우 마음에 든다, 상당히 마음에 든다, 까지는 챙겨 둔다. 나머지는 마음 가는 대로 처리한다.

물론 내가 내린 결정에 후회할 때도 있다. 어차피 무언가를 선택해도 후회는 남는다. A를 선택하면 B가 마음에 걸리고, B에서 Z에 이르기까지 하나하나 눈에 밟힌다……. 그럴 때는 나에게 되묻는다. 후회할 가치가 있느냐고.

나름의 체를 마련해 두고 거르면 '이 정도는 괜찮아'라고 생각할 수 있는 일이 많아진다.

체라고 말하면 젊은 사람은 알아듣지 못할 수도 있겠다. '잣대'라는 말로 바꾸어 써도 좋으리라. 자신의 체라는 건, 역시 오랫동안 살아온 세월에서 습득하고 선택한 가치관을 일컫는다.

자신이 선택한 일은 후회하지 않는다. 다소 미련이 남더라도 언젠가 훌훌 털어버릴 수 있다. 그렇게 생각하면 조금은 마음이 편해진다.

선택을 위한 체를 마련하는 일이 '어른'이 되는 과정이 아닐까. 정리정돈도 제대로 못 하는 주제에 누구를 가르치려고! 네, 고개 숙여 반성하겠습니다.

마음속은 단순해질 수 없다

내가 꾸물꾸물 미뤘다가 호된 대가를 치르는 경우는 정리정돈뿐 아니라 일에서도 마찬가지다. '이건 해야 한다'고 정한 종류의 일은 단호하게 결정할 수 있지만, 이런저런 이유로 '거절해도 될까?'라고 머뭇거리게 되는 의뢰가 들어와 무심코 답변을 미루고 뭉개다 보면 어느새 마감이 코앞으로 닥쳐 있다. 마감이 코앞인 일을 다른 사람을 수배해 맡길 수는 없는 노릇이라 어쩔 수 없이 떠맡게 된다. 그럴 때마다 '도대체 왜 빨리 대답을 안 했을꼬!'라고 가슴을 치며 후회하고, 결정을 미루고 미적거렸던 자신에게 짜증이 나서 견딜 수 없다.

역시 변명이지만, 그럴 때는 '하지만 사람이라는 게 그런 구석도 있어야지'라고 몰래 쓴웃음을 짓는 내 모습을 발견하기도 한다. 사람은 기계가 아니기에 칼로 무 자르듯 할 수 없다고.

'단순하게 살고 싶다'는 마음은 굴뚝같은데 좀처럼 그리 살지 못한다면 그걸로 자신을 탓하지 말고 어느 정도 받아들일 필요도 있지 않을까. 역시 '그럴 듯한 변명'이다.

'단순하게 살고 싶다'는 바람은 애초에 단순하지 않은, 복잡한 자신을 안고 있기 때문이다. 어떤 의미에서 가장 단순할 수 없는 게 인간의 심상 풍경, 감정생활 그 자체다. 물건이라면 '버리고 나면 어쩔 수 없지'라고 마음을 내려놓을 수 있으나, 마음에 있는 혼돈을 지우는 건 컴퓨터 파일을 삭제하는 작업처럼 간단하지 않다. 그래서 혼돈까지 포함해 그 모든 것이 살아 있다는 증거라고 말하는 수밖에 없다.

가슴이 터지도록 복잡해도 문제일 수 있겠지만, 하나하나 정리해도 여전히 앙금이 남아 있다면 그건 '어쩔 수 없거나', 자신에게 중요한 감정이니 버리지 말고 소중하게 챙겨 두자. 애초에 홀가분하고 단순하게 생겨 먹지 않은 게 사람의 마음인 법이다.

6장

‘나의’ 끝맺음

_제1장부터 제5장까지,
어떻게든 넘어왔지만……
가장 높은 장벽이 아직 남아 있다.

노화는 꺼림칙한 대상일까?

누가 한 말인지 기억나지 않지만, 마음에 들어 따로 적어 두었던 구절이 있다.

…… *가장 이상적이고 현명한 자산 운용이란 죽었을 때 자산이 없는 상태다.*

　지당한 말씀이다. 내 희망이기도 하다.

　자식이 있든 없든 남기면 남기는 대로 불필요한 다툼의 불씨가 되는 게 자산이다. 아무리 돈이 많아도 통장을 들고 천국(지옥일 수도 있다)에 갈 수는 없다. 그렇다면 죽었을 때 자산이 하나도 없는 게 현명한 운용 방식이다.

　마지막 장에서는 '나' 자신의 끝맺음에 관해 고찰하고 싶다. 인생의 종반에 늙어가는 자신과 어떻게 마주해야 할지는 피할 수 없는 화두다. 어떻게 나라는 존재를 차곡차곡 접어 정리할까. 몸과 마음에 여유가 있는 동안에 생각해 두어야 한다. 계획대로 될지는 알 수 없더라도.

우선 자신의 노화를 '인정'하고 '받아들이는 일'에서부터 노후 대책이 시작된다. '늙어 죽을 때까지 젊게 살려고 아등바등하면' 아무리 나이를 먹어도 자신의 노화를 인정할 수 없다. 두렵지 않은가? 자신의 현실에서 눈을 돌리고 여기에 있는 자신에게서 오로지 멀어지려고 발악하는 모습이 부질없지 않은가.

최근 '동안童顔' 열풍을 보면 서구에서 들어온 '나이를 먹어서도 젊게'라는 구호가 우리 사회에도 상륙했다는 생각이 든다. 일본이라는 나라는 늙음에 관해 더욱 관용적이고 존경을 바치던 사회가 아니었던가.

젊은 사람이 노화와 거리가 너무 멀어 이해할 수 없는 건 어쩔 수 없다손 치더라도, 한창 늙어가는 처지의 우리까지 노화를 피하려고 애쓰는 현실은 서글프다.

나이가 드는 걸 꺼림칙하게 여겨야 할까? 노화를 꺼림칙하게 여긴다고 노화에서 벗어날 수 있을까? 자연의 법칙에 반할 수 있는 사람은 아무도 없다.

다양한 기초 화장품과 색조 화장품. 눈가, 입매, 목, 데콜테와 각 부위를 관리하는 제품. 프티 성형이라는 이름의 각종 미용 시술과 무슨 무슨 주사 등으로 가까스로 '겉모습'을 젊어 '보이도록' 유지하는 일이 어느 정도 가능해진 시대. 화장품 회사와 성형외과 의사는 얼마나 뿌듯할까. 하지만 아무리 돈과 노력을 들이고 노력해도 내면은 확실히 나이를 먹는다. 그 내면과 외면의 격차를 어떻게 줄여야 할까. 마치 안보 법안을 억지로 채택하려는 현 일본 정부와 국회를 둘러싼 반대 시민과 같다. 안과 밖, 엄청난 괴리가 벌어진다. 마치 노화 자체를 사회 전체가 '가상 적국'으로 간주하고 싸우고 있는 것 같다.

이른바 노인 냄새를 없애 준다고 선전하는 제품 광고도 많다. 이건 '노화에 대한 일종의 협박'이라고 생각한다. 물론 애초에 광고란 그런 요소를 내포하고 있지만 말이다.

안티, 안티 에이징

애초에 나이를 먹는 게 온몸으로 거부해야 할 정도로 꺼림칙한 일일까?

권력에 반사적으로 '안티'를 주장해온 '안티파'에 속하는 나는 안티 에이징 풍조에도 이의를 제기하고 싶다. '안티'에 '안티'를 더해 '안티,

안티 에이징'이라고, 중년이라고 불리는 나이를 맞이하고 나서부터 줄곧 글로 쓰고 말로 주장해 왔다.

새치 염색을 하지 않는 건 게으른 성격 탓이기도 하지만, 하얗게 새어 가는 머리가 선물해 준 변화를 즐기려는 마음도 있다. 주름도 나쁘지 않다. 미국 선주민 원로의 주름을 보면 아름답다는 생각이 들고, 나이를 먹고 나서 더 멋있어진 배우도 많다.

거센 우박과 폭풍우가 없으면 맑은 꽃을 피우지 못한다.

앞에서 소개한 비올레타 파라가 한 말이다. '거센 우박과 폭풍우'를 거쳐 각자의 '현재'에 이르렀으니 말도 인생도 원숙하게 깊이를 더하고 싶다.

'언제까지고 젊기만' 한 게 '꽃'이 아니지 않은가.

이른바 '여자의 3대 적'이라는 기미도 잡티도 처짐도 자신의 인생을 살아왔다는 증거가 아닐까.

나는 흰머리를 그대로 둔다. 이런저런 염색약이 있다는 건 알지만 솔직히 귀찮다. 새치가 늘어나며 내 얼굴 윤곽이 어떻게 달라질지, 그 변화를 살짝 관찰하고 즐기겠다는 생각도 있다.

친구들이 '노발대발 파마'라고 부르는, 흔히 사자머리라고 하는 내

헤어스타일은 어머니 간병을 하던 시절 시작했다. 처음에는 쇼트커트였는데 머리를 다듬으러 정기적으로 미용실에 갈 시간적·정신적 여유가 없었다. 언제 무슨 일이 생길지 몰라(당시에는 엄청난 겁보였다) 미용실에 갈 엄두도 내지 못했다. 마침 그 무렵 사자 갈기처럼 풍성하고 적당히 부스스한 지금의 헤어스타일을 만나 이 머리야말로 간병에 이상적인 모양이라고 생각해 과감하게 머리 모양을 바꾸었다.

어쨌든 한번 파마를 하면 반년은 끄떡없다. 손질도 필요하지 않다. (거의 필요하지 않다는 말이 옳다.) 부스스하고 꼬불꼬불한 스타일이 노발대발 파마의 기본이라 머리를 감고 시간이 지나면 자연 건조. 한여름에는 자동차 창을 열고 달리면 순식간에 마른다. 그게 관리의 전부다. 원래는 밥 말리풍 레게 파마를 하고 싶었지만, 파마 시간이 엄청나게 오래 걸린다는 이야기를 듣고 지금의 노발대발 파마에 정착했다.

말 그대로 '노발대발'하며 사회와 정치에 이의를 제기하는 나에게 딱 어울리는 머리 모양이라고 친구들이 농담 삼아 말한다.

흰 머리 그대로

"너무 편하게 사는 거 아냐?"

"관리 좀 하고 살아라."

새치 염색을 하지 않는 나를 보고 충고하는 친구도 있다. 정작 나는 드문드문 새치가 섞인 내 머리가 제법 마음에 든다. 남들이 뭐라 하건 '내 마음에 든다'는 게 가장 중요하다. 패션이든 헤어스타일이든 남이 보기에 이상해도 상관없다.

새치가 막 나기 시작했을 무렵에는 이마 언저리에 송송 돋아난 새치를 뽑는 게 재밌어 한 가닥 한 가닥 모근까지 뽑아내 종이에 붙이는 놀이를 했다. 그러다 한 가닥 한 가닥 뽑는 '시기'가 지나고 군데군데 희끗희끗해지는, 일명 '은세계' 시대에 접어들었다. 이미 말했듯 나는 염색이 귀찮다. 지금 그대로가 좋고, 그대로 두어도 신경 쓰이지 않는다. 머리가 검었던 나이에는 부릴 수 없었던 멋이 있다는 사실도 깨달았다.

내 옷장에는 온통 검은색과 흰색 옷 일색이라 무언가 더하고 싶은 날에는 스카프로 변화를 줄 때가 많다. 걸리적거리면 풀어 버리면 그만이라는 의미에서 스카프와 숄은 쓰임새가 좋다.

머리가 검었던 시절, 터키석 색깔이나 선명한 초록색, 보라색, 주황색 등 강렬한 색상의 스카프는 자기주장이 너무 강해 선뜻 손이 가지 않아 옷장 밖에서 빛을 볼 기회가 좀처럼 없었다. 색이 고와서 사 놓고 결국 옷장 안에 모셔두기만 했다. 그러다 옷장을 공개하는 날이 되어야 겨우 햇빛을 볼 기회가 주어진다. 못난 주인을 만나 쓰임새를 찾아 주지 못해 미안했다.

그런데 흰머리가 늘어나면서는 화사한 색이 얼굴 가까이에 있어도 튀지 않고 묘하게 잘 어울린다는 느낌이 들었다. 내 낯빛이 칙칙해진 탓일 수도 있다.

쓰임새가 늘어나면 환영이다. 취향의 문제겠지만 흰머리에 아주 짧은 쇼트커트 스타일도 멋스러워 보인다.

홀가분하게 움직일 수 있는 자유

평소에 집에서는 내 모습을 정면밖에 볼 수 없어 알지 못했다. 그러다 길을 걷다 쇼윈도에 비치는 내 모습을 보고 '아뿔싸!'하고 가슴이 철렁할 때가 있다. 몸에 두둑하게 살이 붙었다! 마음은 얇은 유리 같은 주제에.

몸무게에는 변화가 없는데 등을 비롯해 몸 여기저기에 군살이 붙었다. 이게 현실이다. 몸매가 무너지면 지금까지 어울리던 옷도 묘하게 어색해 보인다. 아무리 뜯어 봐도 마음에 들지 않는다.

그 사실을 알게 된 순간은 맥이 빠진다. 물론 걷거나 가볍게 달리는 등 가벼운 운동을 할 수도 있겠지만, 오래가지 못한다! 피트니스 센터 회원으로 등록은 해놓고 막상 수영장에서 수영복을 입으려면 어마어마한 용기가 필요하다. 걷기도 별반 다르지 않다.

"오늘은 너무 늦었네. 밖이 깜깜하잖아."

"아, 오늘은 너무 피곤하다."

열흘에 아흐레는 이런저런 핑계를 대고 빠질 게 뻔하다.

자기관리에 소홀하다. 한심하다고 생각하면서 한편으로 '뭐, 괜찮아'라고 으레 받아들이고 흘려버리는 자신도 있다. 군살을 쫙 빼면 바지 정장이 잘 어울리겠다는 생각도 한다. 내 목표는 늦을 것 같으면 기차역 플랫폼 계단을 단숨에 뛰어 올라가 아슬아슬하게 자리에 앉았을 때 거친 숨을 몰아쉬지 않는 나를 만드는 것. 그 정도는 아직 너끈하다고, 마음을 푹 놓고 있다 보니 풀어져서 이 모양이다.

반려견을 들이면 억지로라도 아침저녁으로 산책하는 시간이 늘겠지만, 이 나이가 되면 개의 평생보다 남은 내 수명이 짧음을 생각하고 포기할 수밖에 없다. 사실은 지금도 반려견이 탐이 난다. 내 신간 『세 마리의 개와 잠드는 밤』은 애보리진(호주 원주민)이 혹한의 밤에 세 마리의 개를 곁에 두고 온기를 나눈다는 구전에서 모티브를 따 왔다. 세 마리가 아니라 한 마리라도 있었으면 좋겠다. 하지만 무리다.

먼저 세상을 뜨는 건 개에게 실례라며 자신을 달래고 있다.

당연한 일을 당연하게

담담하게, 표연하게, 당연하게 사는 게 요즘 내 주제다. 늘 시간에 쫓겨 자칫하면 그냥 흘려보내기 쉬운 나날에 '잠깐이라도 심호흡을 하라'고 가르쳐 주는 건 집 안팎의 식물들이다. 내가 물을 주는 대신 식물들이 내 마음에 물을 주며 촉촉하게 적셔 준다.

작년에는 꽃이 거의 피지 않았던 나팔꽃이 올해는 흐드러지게 꽃을 피웠다. 첫 망울을 터뜨린 날부터 아름답고 진한 보라색 나팔꽃이 한 송이 또 한 송이 피어나는 모습을 보고만 있어도 행복한 기분이 든다. 그리고 '자, 오늘 하루도 힘내서 열심히 살자!'고 다짐하게 된다. 무얼 그리 힘내야 할지는 나도 모르지만, 힘찬 기운이 밀려 올라온다.

외할머니도 어머니도 꽃을 좋아하신 덕분에 어린 시절부터 생활 속에는 언제나 꽃이 있었다. 어머니가 건강하시던 시절, 작은 마당에 심은 식물에 꽃이 피었다 지면 부지런히 떨어진 꽃을 주워들고 손질하던 그 뒷모습이 지금도 눈가에 선하다. 어머니가 정성스럽게 돌보던 식물들이 이웃 사람과 우리 집 앞을 지나는 사람들의 눈을 즐겁게 해주어 어머니는 '꽃 친구들'을 늘려가셨다.

그런 풍경이 가까이에 있었기에 식물은 마음을 채워주고 오늘을 내일로 이어가는 활기를 준다는 사실을 배웠을 수도 있다.

젊었을 적에는 할머니와 어머니에게 온전히 내맡겼다. 식물 없이는 살 수 없게 된 건 젊어서 기나긴 투병 생활을 하게 된 지인의 존재가 있어서였다. 앞에서 소개한 그 친구다. 치료 중인 그녀의 아픔을 덜어줄 수 없고, 마땅히 보낼만한 선물도 없던 나날. 퇴원해서 잠시 집에 머물던 그녀에게 기분전환 삼아 베란다를 제철 꽃으로 가득 채워주자고 생각한 게 원예에 빠지게 된 계기였다.

이 계절에는 어떤 꽃이 있을지를 조사하는 일부터 시작해 알록달록 꽃을 피우도록 심으려면 어떻게 조합해야 할까, 양지바른 곳을 좋아하는 식물은 뭐가 있을까? 반대로 그늘진 곳을 좋아하는 식물은 뭐가 있지? 비료는? 물은 몇 번이나 줘야 할까? 바구니에 화분을 담아 매달면 어떨까? 궁금증이 꼬리에 꼬리를 물고 이어졌다. 원예에 푹 빠져 몇십 권이나 되는 관련 서적을 탐독했다. 책에는 덕지덕지 포스트잇이 붙었다.

책에서 얻은 지식을 차곡차곡 머릿속에 집어넣고, 실제로 식물을 접하게 되는 과정에서 또 이런저런 발견이 있어 놀라고 감동했다. 무엇보다 그 친구가 기뻐해 주고, 퇴원을 손꼽아 기다리게 되었다는 게 내 보람이었다.

그 이후 약 30년. 여전히 식물과 함께하는 나날이 이어지고 있다.

정원 가꾸기의 즐거움

밤늦게 돌아와서는 정원을 가꿀 엄두가 나지 않아 우리 집 식물은 베란다에 내놓은 플랜터 중심이다. 점점 늘어나 크고 작은 화분이 200개나 있다. 올해 여름에 또 식구가 늘어났다.

일년초와 다년초, 숙근초도 있다. 주방 창가에는 요리에 쓰는 허브 종류도 키우고 있어, 우리 집에는 '한창 자라나는' 식물이 언제나 넘쳐 난다.

식물을 '키운다'고 말하지만 사실 식물이 스스로 자라는 모습을 옆에서 숨죽이고 관찰하는 게 현실이다. 모종을 돌볼 때도 있지만, 대개 씨앗부터 준비한다. 씨앗을 뿌리는 계절보다 한두 계절 앞서 카탈로그를 살펴보고 배치와 배색을 궁리한다. 머릿속에서 어느 정도 구상이 끝나면 스케치북에 밑그림을 그린다. 보라색 비올라 옆에는 하얀색 스위트 알리숨이 좋을까. 군데군데 주황색 비올라를 넣을까……. 이렇게 할까, 저렇게 할까, 즐겁게 고민한다. 이 시간이 나에게 최고로 행복한 순간이다.

주문하는 씨앗이 백 봉지 가까이 될 때도 있다. 바빠서 씨 뿌릴 시기를 놓치면 비닐봉지에 넣어 냉장고 채소칸에 보관한다. 때때로 꺼내 떡잎이 난 씨앗, 첫 망울을 터트리는 모습 등을 떠올리며 공상에 잠긴다.

내가 심은 씨앗이 전부 잘 자라주는 건 아니다. 사람이 할 수 있는 건 약간의 주의와 아주 약간의 정성을 아끼지 않는 정도. 나머지는 온전히 식물의 생명력에 맡기는 수밖에 없다.

이 습관은 아마 내 몸이 움직이는 한 계속 이어지지 않을까.

깊이 마주한다

아무리 받아들일 수 없는 일이 많은 사회라도 식물은 계절을 잊지 않고 부지런히 꽃을 피우려고 성장한다. 그렇게 식물이 자라는 과정을 지켜보는 시간이 내 생활을 풍요롭게 만들어 준다.

어머니를 간병하던 때도 식물은 내 버팀목이 되어 주었다. 꼬박꼬박 돌보면 식물은 그 정성에 보답해 준다. 공들여 가꾸면 어여쁜 꽃을 피워준다.

보살핌이 소홀하면 반란을 일으킨다. 하루만 깜빡하고 물을 안 주어도 한여름에는 비참한 몰골로 변한다. 며칠 집을 비워도 괜찮은 급수기로 어떻게든 현재 상태를 유지하는 한여름도 있지만, 오래 집을 비울 때는 식물을 좋아하는 지인에게 맡기거나 돌보미를 고용한다.

　사람과 마찬가지로 식물도 오랜 시간을 함께하며 각자의 개성을 알게 된다.

　'이 아이는 어쩌다 물 주는 시기를 놓쳐도 나중에 충분히 주면 회복한다.'

　'이 각도에서 해가 들면 잎이 바짝 마른다.'

　다 죽어가는 식물을 살리는 게 내 특기다.

　"아디안텀 잎이 꼬불꼬불 말려 들어가는데…….'

　이메일로 물어 오면 나에게 맡겨 달라고 나선다. 그렇게 우리 집 욕실에 맡아 둔 파피루스도 있다.

기쁨을 나눈다

크레용 하우스 바깥에도 갖가지 식물이 있다.

　어느 종류를 언제 심을지를 결정하고, 씨앗을 발주하는 일도 내 업무다.

　'여름방학에 해바라기가 만개한 모습을 보여주자.'

　예를 들면 이런 식이다. 계절별로 주제를 생각하고, 최소한의 손길로 오래 갈 수 있는 식물을 선택하려 하고 있다.

최근 계절이 한 달 정도 앞서간다는 느낌을 받을 때가 많다. 여름방학이 시작되기 전에 해바라기가 몽땅 피어 버리거나, 7월에 만개할 예정이던 각종 백합이 6월 중순에 일제히 꽃을 피우기도 한다. 예정이 어긋나도 마음 상하지 않는다. 다음 꽃이 필 때까지 '어떤 식물을 중심으로 할까?'를 두고 고민하는 시간마저 즐겁다.

내가 부재중일 때 꽃을 비롯한 각종 식물은 스태프가 돌본다. 로벨리아의 작은 꽃망울이 떨어지고 나면 일일이 줍는 등 정신이 아득해질 정도로 손이 많이 가는 작업이다. 식물을 좋아하는 나도 로벨리아 꽃은 떨어지면 떨어지는 대로 두자는 생각이 들 때도 있으니, 식물에 별 관심이 없는 스태프에게는 부담일 수도 있으리라. 그래도 각종 꽃과 식물은 크레용 하우스를 찾는 고객과 이웃 주민, 지나가는 사람들을 위한 '서비스'의 개념으로 자리 잡아, 다 같이 힘을 합쳐 돌보고 있다. 감사하게도 스태프들이 내 마음을 십분 이해해 주어 각 크레용 하우스에서 식물을 돌보는 '미화 위원'을 한 명씩 뽑아 매주 점검해 준다. 매일 아침 물 주기도 빠뜨리지 않는다. '미화 위원'이라고 하니 꼭 초등학생 같지만 말이다.

요즘 같은 시대에 도심에서 식물을 키울 수 있는 넓은 마당을 갖고 싶다는 마음은 욕심일 수 있다. 그래도 최소한 식물과 함께하는 풍경을 공유하고 싶다.

"플룸바고는 어디에 피죠?"

"하얀 만데빌라가 꽃이 폈던가요?"

매일 아침 산책 겸 꽃 사진을 찍는 사람도 있고 즐겁게 찾아 식물들의 안부를 묻는 고객도 있다.

한 그루 나무를 알면 인생이 달라진다

식물을 통해 내가 모르는 세계가 있음을 실감하고 미지의 세계를 하나하나 알아가는 과정에서 느끼는 재미에 푹 빠졌던 지난날이 나에게도 있다.

꽃에 관해서는 상당한 정보를 얻었지만, 나무에 관해서는 여전히 문외한이다. 앞으로는 나무도 공부하고 싶다.

꽃은 꽃이라 예쁘고, 나무는 나무대로 멋지다. 나무가 지닌 평온함에 몹시 마음이 끌린다. 소리 높여 무언가를 주장하지 않는데도 확고한 생명력을 영위하고, 그 존재를 말없이 이야기한다.

『나무는 좋다』라는 그림책이 있다. 봄, 여름, 가을, 겨울. 계절마다 바뀌는 그 모습을 보면 정말로 '나무는 좋겠다'는 생각이 든다. 나무의

고독함에 감동한다.

간병 등 이런저런 일이 겹쳐서 하던 일을 일시중단. 50대부터 공부를 시작해 나무 전문 의사가 된 지인이 있다. 그분도 '나무는 좋겠다'라는 생각에 인생 2막을 시작한 분으로, 만날 때마다 점점 더 '평온한 얼굴'을 보여준다.

나는 우선 각각의 나무 이름을 아는 데서부터 시작하려고 한다. 그림책 작가이자 자연주의자인 아네자키 가즈마의 사진 그림책 『당느릅나무』. 30년 전에 크레용 하우스가 지금의 장소로 이전했을 때 당느릅나무를 지하 외장의 상징목으로 삼아 달라고, 인테리어 담당자에게 부탁해 사이타마현에서 공수해 왔다.

무럭무럭 자라렴. 즐겁게 자라는 모습을 지켜보며 놀러 온 아네자키 선생님께 "저희 당느릅나무예요"라고 소개했더니 "이건 참느릅나무인데요"라고 귀띔해 주셨다.

느릅나무면 다 같은 느릅나무지 당느릅나무와 참느릅나무가 있다는 사실은 알지 못했다. 벌써 몇 명의 어린이 손님에게 "이 나무가 그림책에 나오는 당느릅나무란다"라고 잘못 알려주어 정말로 미안했다.

바쁠수록 손수 요리한다

좋은 일은 아니지만, 매일 정신없이 분주하게 돌아가는 날들이 이어지고 있다. 글 쓰는 일, 크레용 하우스 일, 각지에서의 강연, 라디오 방송 녹음, 생방송, 유기농 면으로 만든 성인용 의류 프로젝트, 원전 반대 운동과 오키나와 미군기지 문제 관련 활동 등. 〈보도 스테이션〉(아사히TV를 비롯한 ANN 계열 방송국에서 평일 밤 10시에 생방송으로 내보내는 보도 프로그램_옮긴이)과 〈NEW 23〉(평일 밤 11시 10분, 금요일 밤 11시 30분에 하는 TBS 간판 뉴스_옮긴이)을 볼 수 있는 시간에 집에 있는 경우가 거의 없다.

그런 날이 이어져도 아침에는 반드시, 저녁에도 최대한 식사는 내 손으로 만들려고 애쓰고 있다. 아무리 피곤해도 내 손으로 만든 음식으로 밥상을 차리면 어딘가에서 정신적인 만족감으로 보답받는다.

물론 녹초가 되어 건너뛰는 날도 있다. 그런데 '아, 오늘은 요리하기 싫다'고 주방에 들어가기 싫었던 날에도 막상 내 손으로 밥을 지어 상을 차려 먹고 나면 피곤이 훌쩍 날아간다.

'바쁘다'는 건 단순히 시간이 없을 뿐 아니라 정신적으로도 여유가 없다는 뜻임을 경험을 통해 통감하고 있다.

그래서 바쁠 때일수록 느긋하게 식사하는 시간이 중요하다. '당신의 몸은 당신이 먹는 음식으로 만들어진다'는 말처럼 인간의 정신생활 역시 음식으로 이루어지는 부분이 있지 않을까, 라는 생각마저 든다.

마음먹고 날을 잡아 요리한다

식생활에서는 제철 밥상이 중요하다. 제철을 맞아 한껏 물이 오른 채소와 과일, 양념도 모두 크레용 하우스에서 조달. 토마토가 토마토색으로, 가지가 가지색으로 빛나는 모습은 꽃과는 다른 충족감을 준다. 굵직한 셀러리 줄기를 다발로 묶어 두면 향도 좋고 덤으로 공간이 화사해지는 인테리어 효과까지 누릴 수 있다.

제철 재료를 내 입에 '맛있게' 느껴지는 양념으로 조리해 색도 알록달록 다채롭게 담아 한 상 가득 차려낸다. 상다리 부러지게 풍성한 상차림을 좋아해 큼직한 그릇이 그릇장에서 수시로 나온다.

좋아하는 음악을 들으며 천천히 맛본다. 그렇게 식사할 수 있는 날은 몸과 마음에 골고루 활력이 깃든다.

일주일에 한 번이라도 '오늘은 느긋하게 식사할 수 있겠다' 싶은 날 아침에는 천연효모로 만든 통밀빵이나 현미밥, 냉장고에 들어있던 제철 채소와 과일을 마음껏 활용해 온갖 요리에 도전한다. 마음대로 요리할 수 있는 날은 마음이 충족되고 '살아 있어서 감사하다'는 거창한 생각까지 든다! 오늘은 어떤 배경음악을 틀까, 하는 것까지 고심해서 그날 하루의 행복감을 충족시킨다.

요리의 기본은 재료다. 나머지는 내 위장의 목소리에 충실하면 그만이다. 이탈리안, 일식, 중식. 다양한 재료를 활용해 뭐든지 만든다. 그래도 유기농 농산물은 최대한 손을 덜 타야 맛있어 조리시간은 짧다.

8월 27일 아침 메뉴

· 여름 채소 라타투이(채소칸에 있던 채소 총출동. 주키니, 토마토, 양파, 파프리카, 오크라 등을 숭덩숭덩 썰고, 곱게 다진 마늘을 올리브오일에 넣어 볶다가 소금, 후추, 채소 스톡으로 간을 한다. 생수를 약간 넣는다.)

· 토마토와 양파와 싱싱한 바질을 넣은 샐러드(대충 먹기 좋은 크기로 썰면 끝)

· 달걀프라이를 서니사이드업으로 예쁘게 부쳐 소시지 반 개를 곁들인다.(프라이팬만 있으면 뚝딱 만들 수 있다.)

· 채소찜(채소칸에 있던 자투리 채소 정리 겸. 호박, 당근, 가지, 꽈리고추 등을 찜기에 쪄서 된장 소스(현미 된장+올리브오일+편으로 썰어서 볶은 마늘+비정제 설탕+참기름을 섞어 만든 소스. 미리 만들어두어도 OK)를 곁들여서)

· 통밀빵

· 커피

· 키위와 복숭아

참 많이도 먹었다.

혼자 먹는 행복

귀가가 늦어지는 날에는 남는 에너지가 있으면 외출하기 전에 저녁식
사를 준비해 둔다. 간단히 미리 손질해 두기만 할 때도 있고, 가끔 스
튜나 카레, 어묵탕처럼 뭉근하게 끓여야 맛이 나는 요리는 외출 준비
를 하면서 얼추 완성해 둔다.

　제철 채소가 한창 맛있는 시기에 손이 큰 나는 무심코 많은 양을 사
버린다. 버려지지 않도록, 예를 들어 토마토라면 미트소스와 토마토
소스 등의 보존식품을 넉넉하게 만들어 냉동실에 넣어 둔다. 이 작업
이 밤까지 걸릴 때도 있지만, 원고를 쓰다 지쳤을 때 요리는 좋은 기
분전환이 되어 준다.

　나는 여러 사람과 함께 왁자지껄하게 한 집에 모여 살았던 적도 있
고 혼자 산 경험도 있다. 혼자 살다 보면 대파 한 단, 양배추 한 덩어리
가 시들기 전에 다 먹어 치우는 것이 아무래도 버겁다. 열심히 농사를
지어주신 생산자들의 얼굴을 떠올리면 다 먹지 못하고 썩혀서 버릴
때 엄청난 죄책감을 느낀다. 그래서 생각할 수 있는 대로 모조리 요리

로 만들어 어떻게든 소비하려 애쓴다.

한 상 가득 요리를 담은 접시가 올라와 있는 풍성한 식탁을 좋아해 많이 만들 때가 있다. 그런 날에는 친구들에게 전화를 걸어 "오늘 저녁에 밥 먹으러 올래?"라고 초대한다.

여럿이 떠들썩하게 식사하는 날이 이어지면 이번에는 '녹찻물에 간단한 고명만 얹어서 밥만 말아 먹어도 좋으니 혼자 조용히 먹고 싶다'는 생각이 든다.

두레 밥상과 혼자 밥상. 모두 풍요롭게 시간을 보내는 방법이다.

고독이라는 열매

고독은 풍요로운 시간을 가져다준다. 원래 혼자 있는 시간을 즐기는 나에게는 고독이 당연한데, 고독을 싫어하는 사람들은 이런 나를 좀처럼 이해하지 못한다.

고독은 회피해야 할 대상일까? 여태까지의 인생에서 충실하게 혼자만의 시간을 보낸 적이 있는 사람이라면(가족이 있든 없든) 고독은 맛있는 과일처럼 느껴진다.

다른 사람과 함께 있는 시간이 풍요로운 시간이라면, 혼자만의 시간과 공간은 또 다르게 풍요로운 묘미가 있다.

본래 사람은 누군가와 함께 있어도 어떤 의미에서는 고독하다. 어떤 순간에나 어떤 공간에나 고독은 우리를 맴돈다. 고독에서 도망치려고 몸부림치면 고독은 괴롭고 쓰다. 고독이 싫은 사람에게 고독은 차가운 형벌이나, 고독을 벗 삼으면 고독은 더할 나위 없이 친밀한 존재가 되어 준다. 참으로 고마운 친구다.

학교에서 배운 것보다 훨씬 많은 것을 나는 고독의 시간을 통해 배웠다. 그 자리에 누군가가 있더라도 음악을 들을 때, 영화를 볼 때, 책을 읽을 때, 그 행위에서 무언가를 받아들이고 느끼는 사람은 오롯이 나 혼자다.

한 권의 책이 가져다주는 공감과 의문도 혼자만의 시간과 공간에서 생겨난다. 그리고 누군가와 함께 있어도 고독은 각자의 내면에 존재한다. 그럴수록 사람은 타인에게 다정해질 수 있지 않을까.

마지막에 고독해질 수 있는 시간과 공간을 찾아

"인생의 마지막 날을 고독한 상태로 보내기는 싫다"고 말하는 사람이 많은 모양이다. 반면 나는 '어디로 가면 고독한 최후를 맞이할 수 있을까'를 가장 염두에 두고 있다.

내 집에서 남은 나날을 보낸다면 고독을 유지할 수 있다. 그러나 도저히 집에 있을 수 없는 상태일 수도 있다. 그래도 내가 고독해질 수 있는 공간을 어떻게든 확보해 두어야 한다고 약간은 조바심을 내고 있다.

예전에 고령자를 위한 독일과 북유럽의 시설 몇 곳을 취재한 적이 있다. 뭉뚱그려 시설이라고 불러도 제각기 특색이 있다. 예를 들어 건물 한가운데 다 같이 모일 수 있는 살롱 같은 장소가 있고, 욕실과 작은 베란다가 달린 개인실(거실·주방+침실)은 입주자의 사적 공간이다. 개인 공간이 아주 넓지는 않아 입주자들은 절대로 버릴 수 없는 소중한 물건만 가져와 단출하게 생활한다. 끝맺음하는 순간에도 '처분'할 마음이 들지 않는, 각자의 보물이다.

사진과 앨범, 신혼 시절부터 하나하나 장만해 가족이 늘 때마다 늘려온 찻잔 세트, 남편이 그린 고원 그림 등. 방을 보면 그 사람 인생의 행적이 느껴진다. 또 어느 베란다에서나 좋아하는 꽃을 화분에서 키울 수 있다. 자기 집 뜰에서 마음에 드는 꽃을 가져와 베란다에 옮겨 심을 수도 있다. 추억의 물건과 자연에 둘러싸인 공간은 인생의 마지막 장을 지내기에 나쁘지 않다는 생각이 들었다.

다 같이 모이는 시간도 즐기고, 마음이 내키지 않으면 혼자 방에 있어도 좋다. 일부러 혼자 있기를 선택한 사람에게 다른 입주자나 스태프가 "혼자 계시지 말고 이리 오세요"라고 일부러 말을 걸지 않고 적당한 거리감을 유지해 준다. 취재하며 잠시나마 그런 상황을 엿볼 수 있었다.

가령 자식이 외동이이면 이런저런 사람들이 외로워서 괜찮겠냐고, 형제자매 없이 혼자서 괜찮겠냐고 오지랖을 부리곤 한다. 하지만 아이는 그 순간 공상의 세계에서 놀고 있을 수 있다. 어른도 고령자도 마찬가지다.

상상력을 활짝 펼칠 수 있다는 쾌락을 빼앗기고 싶지 않다.

고독과 고립은 다르다

일본에서는 어쨌든 '혼자 두면 안 된다'는 강박관념이 심하다. 물론 혼자 두지 않는 게 정이며, 인간관계의 기본이라는 측면도 간과할 수는 없다. 그러나 한편으로는 혼자 있고 싶은 사람의 바람을 구체적으로 이루어주는 것 역시 그 사람에게 줄 수 있는 선물이 아닐까.

고독과 고립은 다르다는 사실을 인식해야 한다. "혼자라도 괜찮아"라는 사람에게 "그럼, 아무런 지원도 돌봄도 없어도 괜찮겠네?"라고 쏟아붙이는 것과는 다르다.

예전에는 아무런 돌봄과 지원을 받지 못하고 사회 안전망 밖에서 임종을 맞이하는 사람들을 '고독사'라 부르는 풍조가 강했다. 그러나 그건 고독사가 아닌 고립사다.

고령자도 당연히 사람에 따라 어떻게 살고 싶은지 각자 다르고, 또 '혼자가 좋다'는 사람이라도 그날 기분에 따라 '누구라도 곁에 있어주면 좋겠다'는 생각이 드는 순간이 있다.

'고독과 고립은 다르다'는 명제부터 시작해야 한다.

인생의 '끝맺음'에 관해 생각할 때 우리는 그곳에 있는 죽음에서 눈을 뗄 수 없다.

죽음이란 무엇일까. 어떤 존재일까. 아직 죽지 않은 우리로서는 알 길이 없다.

그래도 사랑하는 사람들의 죽음을 몇 번 경험한 뒤 감히 말로 옮긴다면 나는 이렇게 부르고 싶다. 아직 애매한 안개 너머의 존재가 아닐까, 죽음(그것도 고령자의 죽음)이란 또 하나의 해방이라고.

2015년 5월에 돌아가신 故 오사다 히로시 시인은 『사자의 선물』에 수록된 「물가를 떠나가는 사람」이라는 시에서 다음과 같은 광경을 그리고 있다.

(전략)

파도가 밀어닥치는 물가를 똑바로 걸어가는 사람이 있다.

아침 햇살이 감싸고, 어제

죽은 지인이 이쪽을 향해 걸어온다.

그리고 무어라 말도 없이

나를 그곳에 남겨두고

내 시간을 빠져나가 물가에서 멀어져 간다.

사자는 발자국도 남기지 않고 떠나간다.

(후략)

언젠가 나에게도 찾아올 그것, 죽음을 생각할 때, 항상 이 시에 새겨진 물가의 풍경이 떠오른다. '시간을 빠져나가 멀어져 가는' 사람은 나 자신이다. 살아 있는 누군가를 두고 말없이 멀어져 간다……. 고요하고 평화롭게, 그런 시간을 맞이할 수 있다면 행복하겠지.

오사다 시인에게는 『시 둘』이라는, 어떤 의미에서 무성의한 제목의 시화집이 있다. 학창 시절부터 함께 하다가 먼저 떠나간 아내에게 바치는 시집으로, 클림트의 식물화를 곁들인 작품이다. 나도 편집에 참여했다.

이 작품의 맺음말에서 오사다 시인은 이렇게 적고 있다.

사람이라는 글자가 선 두 개로 이루어지는 하나의 글자이듯, 이 세상 누군가의 하루도 한 사람의 것이며, 혼자만의 시간이 아니다. 나 한 사람의 하루의 시간은 지금 여기에 있는 나 한 사람의 시간이며, 동시에 이 세상을 떠난 사람이 지금 여기에 남겨준 시간임을 생각한다.

세상을 떠난 사람이 뒤에 남기고 가는 것은 그 사람이 태어나지 않았던 시간이며, 그 사자가 살지 못했던 시간을, 여기에 있는 내가 이렇게 지금 살아가고 있다고, 불가사의하고 똑똑하게 느끼는 감각.

(중략)

마음이 가깝고 친한 사람의 죽음이 뒤에 남는 사람의 마음속에 남기는 것은, 언제나 생의 알뿌리다. 상을 당한 사람은 인연을 발견하기 때문이다.

그래, 우리는 세상을 떠난 사람이 살지 못했던 시간을 지금 여기서 살아가고 있다. 그러므로 나는 내 '지금'을, 여기 있는 '생'을 소중히 하고 싶다.

사생학(死生學)이라는 개념을 우리에게 전해 준 사람 중 한 명으로 조치대학교 알폰스 디켄 명예교수가 있다. 저서『마음을 치유하는 말의 꽃다발』에서 두 사람의 큰 존재의 말씀을 소개해 주셨다.

한 사람은 먼젓번 전쟁에서 아우슈비츠를 비롯해 몇몇 강제수용소에서 참담한 경험을 하고 생환한 『밤과 안개』의 저자 빅터 프랭클이다. 그는 말한다.

나를 기다리는 일과 사랑하는 사람에 대한 책임을 자각한 인간은 삶에서 내려올 수 없다.

또 볼프강 아마데우스 모차르트의 말도 신비하게 투명한 감각으로 마음을 감싼다.

단언컨대 죽음은 확실히 인생의 최종 목적이라
몇 년 안에 나는 인간의 가장 좋은 벗인 죽음과 친해지는 것이
내 임무라고 생각한다. 그 때문일까.
나는 이 벗을 떠올려도 딱히 두렵지 않고
오히려 크나큰 위로와 평안을 느낀다.

빅터 프랭클의 말에도, 모차르트의 말에도 깊이 공감하는 내가 있다. 둘 다 내가 나를 사는 것, 그리고 최후의 순간에 놓아버리고 싶지 않은 심정이며 자세다. 동시에 그렇게 되고 싶다는 바람을 내

포한 말이다.

어머니의 임종 순간, 나는 그녀의 귓가에 몇 마디를 속삭였다. 그중 하나가 다음과 같은 말이다.

정말로 오랫동안 열심히 사셨어요.

엄마, 고마워요.

이제 그만 편히 쉬세요.

내가 마지막을 맞이하는 순간, 나는 나에게 이 말을(설령 말을 잃어버린 상태라도) 들려주고 싶다.

이 맺음말 비슷한 글의 진도가 좀처럼 나가지 않는다. 맺음말이란 도 대체 누구를 위한 걸까? 좀처럼 글을 마무리하지 못하는 변명처럼 조금 전부터 그런 생각을 하고 있다.

저자를 위해서일까? 아니면 독자를 위해서일까? 나는 모르겠다.

독자를 위해서도 저자를 위해서도 글로 써서 남기고 싶은 이야기가 있다면 본문에 집어넣으면 그만이련만!

자신이 의도한 내용을 모조리 말로 옮기지 못하고 그대로 글을 매듭지어야 하더라도 그건 그대로 괜찮지 않을까. 어설픈 미련 비슷한 감상은 아무래도 마음이 불편하다.

그런 생각도 있다. 독자가 그만 읽자고 책을 덮으려는 순간 또 같은 논조의 '목소리'가 들려오면 지긋지긋하지 않을까.

저자라면 이렇게 말할 수 있다. 미완이라도 말주변이 부족해도 틈새기 바람이 불어도 비가 새더라도 어쩔 수 없다.

모든 부족함과 과도함을 포함해…… '그게 내 역량'이라고.

베란다에서는 화초 씨앗이 싹을 틔우고 있다. 요 며칠 사이에 떡잎이 벌어지고 한창 기지개를 켜며 뻗어 나갈 준비를 하고 있다.

이번 겨울부터 상황이 맞으면 6월, 7월까지 꽃을 피울 화초들이다. 비올라, 팬지, 알리섬, 선옹초, 수레국화, 스톡(비단향꽃무), 루피너스, 길리아, 접시꽃 등등. 꽃을 피우려면 아직 한참 남았지만, 떡잎 모양과 새싹부터 색이 제각각이다. 양귀비 씨앗만큼 작은 씨앗 안에 놀라울 정도로 큰 우주와 경이가 담겨 있다.

노안경을 올렸다 내렸다 하며 늦은 밤 몇 시간을 들여 약 6천 알의 씨앗을 뿌린 게 9월에 들어서였다.

이틀이나 사흘 만에 싹을 틔우는 꽃이 있는가 하면 일주일이나 열흘 가까이 지나도 싹이 나지 않아 글렀다고 낙담한 다음 날 아침, 발아용 흙 위로 초록색 먼지처럼 자그마한 싹을 틔우는 꽃도 있다.

일년초는 싹을 틔우자마자 바로 쑥쑥 자라나 꽃봉오리를 맺고 꽃을 피운다. 그리고 그 생을 마감한다. 알알이 맺힌 씨앗을 뒤에 남기고.

다년초와 숙근초는 계절이 돌아올 때마다 다시 새로운 생을 살아간다. 우리는?

우리의 인생은 일년초일까. 아니면 다년초일까.

막 싹을 틔운 떡잎을 보며 생각한다.

아마 나는 수많은 '끝맺음'을 완성하지 못하고 이번 생을 마치리라.

그러나 삶에, 그리고 마지막을 맞이하는 순간에 완성형 따위가 존재할까. 무엇을 해야 완성이라 부를 수 있으랴. 거의 모든 인생은 미완이라고 불러야 하지 않을까.

빈센트 반 고흐라도 요하네스 페르메이르라도.

권력에 반기를 들고 학살된 로자 룩셈부르크도, '버선을 기운다. 노라와 함께 하지 못한 교사의 아내'라고 읊었던 스기타 히사조의 생도,

스물네 살에 서거한 시몬 베유도.

그들은 '역사에 이름을 남기자'고 의도하지 않았다. '어른의 끝맺음'을 끊임없이 의식하지도 않았으리라.

오직 신념을 바탕으로 혹은 마음 가는 대로 '자신을 살았음'에 틀림없다.

화가도, 시인도, 혁명가도 되지 못한 우리의, 가령 조부모들.

그들 역시 열심히 미완을 살았던 존재다. 그 사람이 사랑하고 그 사람을 사랑했던 사람의 마음 깊숙한 곳에서만 그 사람이 확실히 존재했던 기억을 새기고, 그 사람은 이윽고 스러져간다.

여러분과 내 인생도 아마 같으리라.

안타까운 일일까. 나는 그렇게 생각하지 않는다.

모두 이 세상에 하나뿐인 소중한 인생이다.

그리고 그 소중한 생의 연장에 죽음이 있었다. 그렇게 생각하면 죽음 역시 삶의 한 '표정'이라고 말할 수 있지 않을까.

'어른의 끝맺음'이란, 즉…….

마지막 순간에서 역산해서 남은 세월이 앞으로 얼마인지는 모르지만…….

셀 수 없이 남겨진 나날을 충분하게 마음껏 '살아간다는 약속', 자신과의 약속. 그렇게 부를 수 있지 않을까.

살아 있는 동안에는 살 수밖에 없다.

산다면 '최대한 나 자신으로 살자'는 각오 비슷한 마음가짐이, 이 책 『어른의 끝맺음』의 밑바탕에 흐르는 조용한 물소리라고 말할 수 있으리라.

크레용을 좋아해 업무용 책상 옆에 항상 놓아둔다. 색연필도 있다.

이것도 써 보고, 저것도 써 보자며 24색이나 26색 모두를 시험하던 나이는 이미 지났다.

알록달록한 색을 마음 가는 대로 사용하며 그 무렵에는 어떤 색도 내 색이라고는 생각하지 않았다.

　그리고 지금……．

　아직 한 가지 색만 고를 수는 없지만, 몇 가지 색이 내 맨 손에 쥐어져 있다.

　인생을 거칠게 맞붙어 싸우는 파이터로 살고 싶다.

　동시에 섬세한 파이터로 살고 싶다고 나는 생각한다.

　　　　　　　　　　　　　　　　　　오치아이 게이코

살아 있는 동안에는 살 수밖에 없다.
그러니 우리 최대한 나 자신으로 나답게 살아가자!

어른의 끝맺음

초판 1쇄 인쇄 2019년 7월 15일
초판 1쇄 발행 2019년 7월 22일

지은이 오치아이 게이코
옮긴이 서수지

펴낸이 이효원
편집인 음정미
디자인 별을 잡는 그물

펴낸곳 탐나는책
출판등록 2015년 10월 12일 제 2015-000025호
주소 서울특별시 금천구 디지털로9길 68 대륭포스트타워 5차 1606호
전화 070-8279-7311 **팩스** 032-232-0834
전자우편 tcbook@naver.com

ISBN 979-11-89550-14-1 03830

이 도서의 국립중앙도서관 출판시도서목록(CIP)은 서지정보유통지원시스템 홈페이지(http://seoji.nl.go.kr)와
국가자료공동목록시스템(http://www.nl.go.kr/kolisnet)에서 이용하실 수 있습니다.
CIP제어번호: 2019025409

이 책은 저작권법에 따라 보호받는 저작물이므로 무단전재와 무단 복제를 금지하며,
이 책의 전부 또는 일부를 이용하려면 반드시 저작권자와 도서출판 탐나는책의 동의를 받아야 합니다.

* 값은 뒤표지에 있습니다.
* 잘못된 책은 구입하신 서점에서 바꾸어 드립니다.